작가, 여행

세기의 작가들에게 길을 묻다

# 작가, 여행

이다빈 지음

사랑했던 사람들을 떠나 보내고 나니 마음이 허전했다. 그런데 내가 잃어버린 것은 그 사람들이 아니라 다른 무언가라는 생각이 들었다. 나는 그것이 무엇인지 찾기 위해 여행을 떠났다. 삶의 근원에 대해 고민했던 작가들의 삶을 따라가 보기로 한 것이다.

십여 년의 세계문학기행을 통해 수십 명의 작가들을 만났지만 이 책 속에 나오는 작가들은 그 중에서도 내 마음 속에 오래 남아 있는 작가들이다. 내가 만난 작가들은 누구 한 명 평탄한 삶을 살지 못했다. 역사서 집필에 대한 사명감으로 궁형을 택한 사마천, 우울증을 앓았던 연암 박지원, 도박 중독에 걸린 도스토옙스키, 조국으로부터 쫓겨난 제임스 조이스, 사랑에 실패하고 평생 독신으로 살았던 안데르센까지 작가들의 삶은 처절했다. 가난은 기본이고 세상으로부터 외면 받는 고통스런 삶이었지만 그들은 도망치지 않고 치열하게 맞서면서 세상을 받아들였다. 이러한 고통은 인간에 대한 수많은 질문을 던지게 했고, 이에 대한 답을 찾는 과정에서 세계인을 감동시킨 위대한 작품이 탄생할 수 있었던 것이다.

여기서 주목해야 할 작가들의 또 하나의 공통점은 이러한 질문에 답을 찾기 위해 늘 사람에 대한 애정을 갖고 사람들과 부대끼며 살았다는 점이다. 그들은 사회 속으로 들어가 관계를 깊이 맺어야만 세상을 이해하는 힘이 커지고 자기를 바라보는 힘도 강해진다는 것을 알고 있었던 것이다. 다양한 시대와 문화 속에 살면서 작가들은 그들이 살아냈던 세상을 글이라는 그릇에 담아서 우리에게 내놓았다.

작가들의 길을 따라 걷는 동안 상상력은 피어올랐고, 시공을 넘어 그들과의 교감이 이루어졌다. 너무 늦을 때까지 삶을 기다리게 해서는 안 되기에 나는 그곳에 앉아 즉흥시를 썼다. 그들의 삶을 통해 인생이란 무엇인지, 어떻게 살아가야 하는지 고민하다 보니 어렴풋이 답을 찾은 것 같다.

2019년 1월

이다빈

**목차**

역사의 붓을 들다
# 사마천

司馬遷 (BC145?~BC86?)

중국

**사마천의 고향을 찾아서**
사마천 사당-사마천 묘

한청韓城

## 역사의 물줄기를 따라

시안에서 동북쪽으로 3시간 정도 달려 사마천의 고향 한청에 도착했다. 이곳은 넓었던 강폭이 좁아져 물살이 세지는 곳으로, 잉어가 이곳의 거센 급류를 거슬러 올라간다면 용이 된다고 해서 예로부터 '용문'이라 불렀다. 흔히 어려운 관문을 통과하거나 출세를 하면 '등용문에 오른다'라는 표현을 쓰는데 사마천이 태어난 곳이 바로 황하강 상류에 있는 용문이다.

사마천 사당 입구 넓은 광장에는 『사기史記』에 나오는 영웅들이 당당하게 서 있었다. 사마천은 광장 끝에서 그들을 내려다보고 있었다. 사마천이 걸었던 고독한 인생길을 생각하며 사마고도를 오르다 보니 '역사의 붓으로 세상을 밝힌다'라는 뜻의 '사필소세史筆昭世'라고 적힌 패방이 있었다. 조금 더 걸으니 사마천 사당이 보였다.

사마고도에서 바라본 전경

## 위대한 역사서, 『사기』

 3천 년의 역사를 다루고 있는 『사기』는 총 130권으로 장장 20여 년에 걸쳐 씌어졌다. 『사기』는 문학적으로 기술된 독특한 역사서 이다. 중국 고대 신화에서부터 춘추전국시대, 한무제 시대까지 그 당시 살았던 인물들이 소설처럼 다양하고 생동감 있게 그려져 있 다. 또한 점쟁이, 장사꾼 등 『사기』에 등장하는 인물 유형은 지금 시대에서도 찾아볼 수 있다. 『사기』가 위대한 역사서로 평가받는 이유는 사마천이 인간에 대한 깊은 애정을 갖고 인간의 존재를 통 찰했기 때문이다.

 2016년 대한민국이 비선실세로 떠들썩하던 때 '지록위마指鹿爲馬'라 는 말이 자주 등장했다. 윗사람을 농락해 권세를 휘두르거나 권력 을 이용해 잘못된 것을 끝까지 우긴다는 의미의 이 고사성어는 『사

『사기』 인물 벽화

기』의 '진시황본기'에 나오는 말이다. 진시황이 죽고 어린 아들 호해가 뒤를 잇자 환관 조고가 실권을 잡고는 자기에게 순종하지 않는 자들이 누구인지 떠보려고 황제에게 사슴을 바치며 말이라고 했다. 이때 '사슴'이라고 바른 말을 한 신하들은 조고에게 모함을 당해 화를 입었다는 이야기다.

 이처럼 우리가 알고 있는 거의 모든 고사성어는 『사기』에 나오는 사마천의 언어라 할 수 있다. 사마천은 고사故事를 사자성어로 압축해서 전달하고 있는데 「사기열전」에만 600여 개가 나온다.

## 발로 뛰며 기록하다

 사마천이 역사서를 쓰게 된 것은 아버지 사마담 때문이었다. 아버지는 집안 대대로 사관을 지낸 가문의 후손으로 역사서를 써서 뜻을 세우고 싶어 했다. 그래서 아들에게도 어릴 때부터 고서를 읽게 해서 고대 영웅들의 위상을 보여 주고 다양한 학문을 접하게 해주었다.

 사마천은 10세 때 용문을 떠나 한나라의 수도 장안(지금의 시안)으로 이주해 견문을 넓혀 나갔다. 아버지는 사마천이 20세가 되자 역사가로서의 자질을 키우게 하기 위해 여행을 보냈다. 사마천은 죽간을 메고 험한 길을 걸어갔다. 때로는 도적에게 목숨을 위협받기도 했다. 당시 대륙을 통일한 한나라의 영토는 한반도의 16배나 되는 크기였는데, 사마천은 그 넓은 땅을 돌아다니며 살아있는 역사를

사마고도

기록했다.

36세 때 아버지를 잃은 사마천은 아버지의 유언을 받들어 역사서를 완성하겠다고 굳게 다짐했다. 그리고 2년 후 아버지의 대를 이어 태사령에 올라 '태초력'이라는 새로운 역법을 완성시키고 봉선 의식에 참가하여 아버지의 한을 풀었다. 바쁜 관직 생활이었지만 여행에서 수집한 자료와 아버지가 써오던 글을 정리해가며 집필을 게을리하지 않았다.

## 수치심을 뛰어넘은 집념

역작은 삶의 역경 없이 쉽게 이루어지지 않는다고 하지 않았던가. 49세 때 사마천은 장수 이릉을 변호하다 황제의 노여움을 사서 사형선고를 받게 되었다. 역사서 집필이 중단될 위험에 놓였다. 사형

사마천 사당 입구 광장에 있는 사마천 동상

을 면하는 방법은 두 가지였는데 50만 전이라는 큰돈을 목숨 값으로 내거나 성기를 자르는 형벌인 궁형을 받는 것이었다. 사마천은 『사기』를 완성하기 전까진 목숨을 버릴 수 없었기에 궁형을 선택했다. 궁형은 생식기와 고환을 모두 잘라버려 요도만 남겨 놓는 잔인한 형벌이었다. 궁형을 받고 나면 체온이 급격히 떨어지기 때문에 큰 거위털로 요도를 막은 뒤 따뜻한 잠실로 내던져졌다. 하지만 궁형을 받았다고 해서 다 살아남는 것도 아니었다. 거위털 사이로 오줌이 나와야 요독증으로 죽지 않고 살 수 있었다. 사마천은 평생 고름으로 고통받아야 했고, 수염이 자라지 않고 목소리가 얇아지면서 점점 여성처럼 변해 갔다. 사마천 초상화에 수염이 없는 것도 이런 이유다. 사마천은 50만 전의 돈만 있었으면 궁형을 면할 수도 있었으나 주변 사람들이 돈을 빌려주기는커녕 면회조차 오지 않는 것을 보고 인간의 본질에 대해 근본적으로 다시 생각해 보게 되었다. 그렇게 생각을 거듭하다 보니 자신이 살고 있던 시대의 곪아터진 부분까지 가차 없이 비판할 수 있었던 것이다.

## 사마천 묘

사마천 묘는 사당 뒤쪽에 있었다. 둘레에 팔괘가 그려진 묘 위에는 음양오행을 상징하는 다섯 그루의 측백나무가 자라고 있었다. 하지만 이 무덤엔 정작 사마천 시신은 안장되어 있지 않다. 사마천이 세상을 떠난 뒤 집안 사람들은 또다시 죄를 묻지나 않을까 두려워 사마천의 유해를 고향마을 서촌으로 가져가 조용히 묻었기 때문이다. 서촌에서 집성촌을 이뤄 살고 있는 후손들 역시 화를 입을

까봐 두려워 성을 '사'와 '마'로 분리해 '동'과 '풍'으로 바꾸고 마을을 둘로 나누어 살았다.

사마천 사당의 무덤조차 이민족에 의해 만들어질 정도로 중국은 그동안 사마천의 사상을 경계해 오다가 최근에는 문화전략의 텍스트로 『사기』를 다시 내세우고 있다.

무덤에 절을 하고 다시 사마고도를 내려왔다. 시원한 바람이 불어 뒤를 돌아보니 저 멀리 고속도로 아래 황하강이 역사의 물줄기처럼 도도히 흐르고 있었다. "사람은 누구나 한 번 죽지만 어떤 죽음은 태산보다 무겁고 어떤 죽음은 새털보다 가볍다"는 사마천의 말이 자꾸만 귓전에 맴돌았다.

사마천 묘

사마고도를 오르며


긴 세월 급류를 타고 올라
용이 된 물고기 전설을 품은 용문
황하는 사성史聖을 낳았네


천도天道는 어디에 있는 걸까
역사의 주인공은 제왕일까 평민일까
진실의 벽에 기대어
하루에도 아홉 번이나 장이 뒤틀리고
무엇을 잃은 듯
갈 곳을 잃은 듯
식은땀이 그의 등줄기를 적시네


죽고 난 뒤에야 옳고 그름은 가려질 것이니
소용돌이치는 밤마다
손 떨고 깊은 한숨 내쉬며
죽음보다 더한 치욕 견디며
써내려간 운명 같은 『사기』

부조리한 권력층
의리 지키며 살아가는 의인
우후죽순처럼 솟아난 나라들의 흥망성쇠
난세에 요동치는 영웅호걸
인간의 본질을 꿰뚫는 시원한 붓놀림
마침내 그의 붓이 세상을 밝혔네

세상이 어둠에 젖어들 때
하늘과 나란히 서 있는
측백나무 다섯 그루
태사공 문장 달빛처럼 매달려 있고
아내가 심은 영춘화
불안한 세상 길섶에 피어
가장 먼저 봄빛을 맞이하네

2월이 오면
사마천 영혼을 위로하는 인재들
측백나무 가지 조심스레 꺾어
필통에 꽂아두고
푸른 역사 이어 쓰네

# 술잔에 시를 띄우다
# 이백

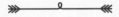

李白(701~762)

중국

**이백의 시비를 찾아서**
검문관-「촉도난」시비

광위 안廣元

## 검문관 가는 길

"촉으로 가는 길, 푸른 하늘 오르기보다 어렵다"고 한 이백의 시를 따라 검문관으로 가는데 갑자기 벼랑이 나타났다. 까마득한 낭떠러지의 끝과 끝을 연결하는 줄이 보였다. 중년의 중국인 사내 둘이 길을 계속 가려면 이 줄을 이용해야 한다며 돈을 내고 안장에 앉으라고 했다. 망설이며 다른 길은 없냐고 물었더니 안전하다며 걱정 말라고 했다. 잠깐 목숨을 내려놓기로 하고 안장에 앉자마자 도르래가 움직였다. 발 아래 펼쳐지는 협곡의 풍광에 어느새 무서움은 달아나고 구름 위를 나는 새가 되어 금방 산 하나를 넘었다.

다시 구름에 닿을 듯 치솟은 병풍 같은 대검산을 따라 잔도楼道를 걸어갔다. 그 옛날 아무런 장비도 없이 사람의 힘으로 절벽에 구멍을 뚫고 말뚝을 박은 잔도를 통해서 전쟁을 하고 교역이 이루어졌다.

험한 길을 걷고 나면 그만한 보상이 따르는 법이다. 드디어 북벌을 지도한 제갈량이 절벽의 중간에 칼을 꽂아 세웠다는 검문관劍門關이 눈앞에 나타났다. 대검산에 둘러싸인 천하의 요새 검문관을 보니 아무리 힘들어도 인간이 가지 못하는 길 없고, 길은 또 다른 길을 만든다는 생각이 들었다. 제갈량은 사방에서 적군을 감시할 수 있는 이곳을 최전방 방어기지로 삼았다. 그리고 이곳에서 군량을 조달하고 병사를 조련하기도 했다. 제갈량의 유언에 따라 촉의 부흥을 위해 결사항전했던 강유는 이곳에서 스스로 목숨을 끊었다.

대검산

**촉도를 지나며**

검문관을 통과해서 내려오다 보니 이백의 시 「촉도난」이 돌벽에 커다랗게 새겨져 있었다.

> 잇닿은 산봉우리는 하늘과 한 자 사이도 못 된다
> 마른 소나무는 절벽에 거꾸로 걸려 있다
> 나는 듯한 여울과 떨어지는 폭포수는 시끄러움을 서로 다투고
> 벼랑에 물결치고 돌 구르는 소리는
> 만 골짜기에 우레처럼 울려퍼지는구나
> 그 험하기가 이와 같소
> 아아, 그대 길손이여
> 어이하려고 온 게요
> 검각이 가파르고 우뚝 솟아
> 한 사람이 관문 지키면 만 사람도 뚫지 못하리
>
> 　　　　　　　　　　　　　　－「촉도난蜀道難」 중

촉나라에서 태어난 이백은 촉도를 지나가면서 이 시를 썼다. 이백은 장안에 갔을 때 원로 문인 하지장에게 이 시를 보여주었다. 하지장은 시를 읽고 이백을 '인간 세계로 귀양나온 신선'이라는 뜻의 '적선謫仙'이라 부르며 황제에게 천거했다.

검문관

「촉도난」시비

## 구름 따라 유랑길

이백의 출생에 관해서는 정확한 기록이 없고 대부분 추정한 것이다. 그가 태어날 때 그의 어머니는 꿈에서 태백성을 보았기 때문에 이름을 '백'이라 하고 자를 '태백'이라 했다. 이백은 어릴 때부터 제자백가의 서적을 읽고 글을 지어도 싫증내지 않았으며 신선처럼 노닐었다는 기록이 있다. 20세 때는 대광산에 들어가 글공부를 하면서 주변의 명승지를 유람하고 도사를 찾아다녔다고 한다. 이백의 발자취는 중국 각지에 닿지 않은 곳이 없을 정도다. 25세부터는 촉나라를 떠나 평생 유랑 생활을 했다. 관직을 구하려고 장안으로 갔으나 관직의 길은 요원하고, 실의에 빠져 장안과 뤄양[낙양]을 오가며 사람들과 어울렸다. 그 후 황하강을 따라 전국을 떠돌며 술과 시를 즐기고 살았다. 그는 쉬운 언어로 자연의 아름다움과 신선의 세계, 음주의 정취를 그려내곤 했다.

꽃밭에서 술 한 병 들고
대작할 친구 없이 홀로 따른다
술잔 들어 달님 초대하고
그림자 마주하니 셋이 되었다
달님은 술 마실 줄 모르고
그림자는 날 따라 움직이기만 하네
잠시 달님과 벗하여 그림자 거느리고
즐겁게 놀아보리라 이 봄이 가기 전에
내가 노래하니 달님 서성이고

내가 춤을 추니 그림자는 너울너울

취하기 전에는 사이좋게 즐기다가

취하고 나면 제각기 흩어지리라

영원히 담담한 우정을 맺어

아득히 먼 은하수에서 다시 만나리

－「월하독작月下獨酌 1」

이백에게 술은 시흥을 돋구는 데 없어서는 안 되는 것이었다. 이 시를 읽으면 이백과 달, 그림자 이 셋이서 술잔을 기울이는 풍경이 그려진다. 하늘과 땅도 술을 좋아하니 술을 마셔도 하늘에 부끄러움이 없다고 말한 그는 한 말 술을 마시면 시 100편을 지었다고 한다.

## 관직에서 쫓겨나다

이백은 40세가 넘어서야 현종의 부름을 받아 한림공봉의 관직을 얻었는데 맡겨진 일은 연회에서 가끔씩 시를 짓는 일이 전부였다. 어느 날 양귀비와 꽃구경을 하러 나온 현종은 당시 최고 권력자였던 환관 고력사에게 이백을 불러오게 하여 시를 지어보라고 했다. 만취 상태였던 이백은 잠시 생각하고는 붓을 들어 금세 시 세 수를 지었다. 이렇게 해서 나온 「청평조사淸平調詞」는 생동감 있는 운율로 양귀비의 아름다움을 잘 묘사해서 현종은 크게 칭찬했다.

이날 이백은 자신을 아끼던 하지장이 진사시험 감독인 고력사를 찾아갔을 때 다른 고시생들은 다 선물을 바치는데 이백만 바치지 않으니 자신의 발밑에서 신발을 벗기게 하겠다고 한 말이 떠올랐다. 이백은 고력사를 골탕먹이려고 자신의 신발을 벗기게 했다.

이 날의 수모를 견디지 못한 고력사는 「청평조사」를 빌미 삼아 이백이 양귀비에게 아첨하는 시를 썼다며 모함했고, 이백은 사람들의 입에 오르내리다 결국 관직에서 쫓겨났다.

## 글벗을 만나다

궁중을 나온 이백은 뤄양에서 두보를 만났다. 이때 이백의 나이는 44세, 두보는 33세였다. 뛰어난 문학적 재능을 가졌으나 시대를 잘못 만나 관직에 오르지 못한 둘은 의기투합하여 1년 여 가량 함께 유람하다가 헤어지고 다시는 만나지 못했다. 두 사람의 길은 달랐다. 이백은 낭만적인 시를 썼던 반면 전쟁의 혼란을 많이 겪은 두보는 고통스러운 민심을 반영하는 시를 썼다.

> 이백은 시에 대적할 이 없고
> 휘날리는 시상 뭇 사람들과는 달라
> 맑고 새로움은 유신과도 같고
> 빼어나게 훌륭함은 포조(이백이 칭찬하던 시인)와도 같도다
> 위북에 머무는 봄날의 나무
> 강동에 떠도는 저녁 구름
> 어느 때에나 술 한 잔 다시 나누며
> 함께 글을 논할까
>
> —두보, 「봄날 이백을 생각하며」

이별이 아쉬워 취하도록 마신 지 몇 날인가

명승과 고적을 두루 함께 다녔지

아, 언제 석문 산길에서

다시 술잔을 들 수 있을까

사수泗水의 물결에 드리운 가을빛

바다의 푸른빛에 빛나는 조래산

떠다니는 지푸라기처럼 뜨내기인

우리는 이제 멀어지려니

손에 든 술잔

이제 다 비우세

—이백, 「석문에서 두보를 보내다」

## 산 속에 잠들다

안록산의 난이 터지자 58세의 이백은 숙종의 동생 이린의 반란군 평정대에 참가해 부역죄로 체포되어 귀양길에 올랐다. 하지만 다행히도 귀양살이 가는 도중 사면되었다.

이백과 술에 관련된 이야기가 많다 보니 이백이 술에 취해 채석강에 비친 달을 잡으려고 물 속으로 뛰어들어 죽었다고 믿는 사람들이 많다. 하지만 61세의 노쇠한 이백은 유랑하다 먼 친척에게 몸을 맡기고, 병세가 악화되어 산에 묻혔다. 그의 시를 아끼던 사람들이 그를 전설의 주인공으로 만든 것이다.

산을 내려오니 삼국지의 영웅들과 이백, 두보의 동상이 불어오는 바람을 맞으며 길손들을 기다리고 있었다. 이백은 오늘을 사는 사람들에게 무슨 말을 할까. 이백의 「행로난」 마지막 이 구절 아닐까.

인생살이는 누구에게도 힘들고 어렵다

황하를 건너려니 얼음이 가로막고

태산을 오르려니 눈발이 세고

그러나 아무리 힘들고 갈림길이 많아 선택이 어렵더라도

준비하고 기다린다면 큰 바람이 불고

파도가 일렁거리는 때가 올 것이다.

바로 그때 돛을 달고 푸른 바다를 건너가자

–「행로난行路難」 중

검문관 가는 길

산그늘 춤추던 그림자
산빛따라 내려오니
꽃잎마다 붉은 하늘 맺히고
만 리 떠돌아 흘러온 새
꽃잎 위에 앉았다가
대검산 돌벽 위로 날아가는구나

검문관 성루에 걸린
칼로 세운 천하삼분의 꿈
지난 밤 삼백 잔 술에 취한
달과 그림자
인연 없이 맴돌던 봄 향기에 묻혀
명월협 물길 따라 흘러가는구나

절벽에 매달린 하늘사다리

구름 안개 벗하고

꽃더미에 일백 번 취하니

시름은 먼 산 속으로 흘러가고

번거롭고 속된 세상

꽃비에 옷 젖는 줄 아는구나

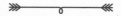

필가산의 전설이 되다
# 두보

杜甫(712~770)

**두보의 흔적을 찾아서**
두보고리-두보초당

두보초당
청두成都 ●

두보고리
궁이鞏義 ●

## 두보의 고향, 두보고리杜甫故里

허난성 궁이에 있는 두보고향기념관 입구에 이르니 거대한 두보 동상이 방문객을 맞이하고 있었다. 중국인들이 '시성詩聖'이라 부르며 따르는 그의 위상을 말해주는 듯했다.

두보 가문의 내력이 전시된 곳에 들어가니 두보가 가장 존경했던 할아버지 두심언의 동상이 보였다. 두심언은 측천무후 시대에서 중종 시기에 걸쳐 활동한 유명 시인이다. 가을 하면 '하늘은 높고 말이 살찐다'는 천고마비의 계절을 먼저 떠올리게 되는데 이 '천고마비天高馬肥'라는 표현은 두심언이 친구 소이도에게 보낸 편지에 흉노족의 침입을 경계하라는 뜻으로 썼던 표현이다. 두보 역시 할아버지 못지않게 시를 잘 지어 7세 때 이미 시인들 사이에 알려져 있었다.

2세 때 어머니를 잃은 두보는 고모의 손에서 자랐다. 하루는 고모의 아들과 두보가 병에 걸렸는데 무당을 찾아가 방도를 물었더니 살리고 싶은 한 아이만 동남쪽에 놓으라고 했다. 그러자 고모는 자기 아들을 버리고 두보를 살렸다는 일화가 그림으로 재현되어 있었다. 그런 고모의 사랑을 받은 덕분에 두보는 아내와 자식을 아끼고 남을 배려하며 살았다.


## 곤궁한 삶

두보는 과거시험을 보기 위해 열심히 공부했지만 두 번의 과거시험 모두 낙방하고 말았다. 이후 벼슬길을 찾아 장안으로 가서 사람들을 만나기도 했지만 관직을 얻지 못했다. 먹고 살기 힘들게 되자 두보는 가족을 잠깐 친척집으로 보냈다. 다음해 처음으로 낮

두보고향기념관 입구에 있는 두보 동상

은 관직을 얻어 처자를 데리러 갔지만 이미 어린 아들은 굶어 죽어 있었다.

안록산의 난이 터지자 두보는 남아 있는 가족을 데리고 산시성 일 대로 옮겨 다니다가 홍수를 만나 가족을 다시 부주에 남겨두고 난리 중에 즉위한 숙종을 찾아갔다. 숙종은 자신을 찾아온 두보의 충정이 갸륵해서 그를 좌습유에 임명했다.

관리 가문에서 자란 두보는 훌륭한 관리가 되는 것이 이상적인 삶이라고 생각하며 살았다. 정치가로서의 삶을 살아내기에 그의 이상은 너무 높았던 걸까. 그는 다시 지방관으로 좌천되는 신세가 되었다.

## 시인의 운명

두보는 정치를 바르게 펼쳐 백성을 구원하는 데 뜻을 두었지만 운명은 그에게 기회를 주지 않았다. 대신 시인으로서의 눈은 더 크게 뜨였다. 지방관으로 좌천된 두보는 백성들이 전쟁으로 고통 받는 모습을 보고 그것을 시에 담아냈다. 석호촌을 지나가던 중 한밤중에 관리가 들이닥쳐 도망간 할아버지 대신 할머니가 끌려가는 모습을 보고 탄식하며 지은 「석호리」, 결혼 바로 다음날 남편이 출정하여 홀로 남겨진 신부의 슬픔을 노래한 「신혼별」 등 '삼리삼별三吏三別'의 시가 그림과 함께 첫 번째 작품관에 전시되어 있었다.

어린 아들이 굶어 죽었다는 사실을 알고 참담한 마음으로 쓴 시는 두 번째 작품관에 있었는데 시를 읽으니 절망의 끝에 선 그의 모습이 그려졌다.

늙은 처는 딴 고을에 부쳐 사는데

열 식구가 바람과 눈 속에 떨어져 있다

뉘라 오래 돌보지 않을 수 있으랴

굶주림도 목마름도 같이 하자며 왔네

문을 들어서니 부르며 우는 소리 들린다

어린 아들이 굶어 죽고야 말았구나

내 어찌 슬프지 않을 수 있으리

마을 사람들도 흐느껴 우는구나

부끄럽다, 아비가 되어서

먹을 것이 없어 굶어 죽게 만들다니

가을이라 벼도 거두었건만

가난한 집에는 이런 변고를 당하는구나

-「장안에서 봉선으로 가며 회포를 읊어」 중

세 번째 작품관에 있는 「병거행」은 남자로 태어나면 노인이 될 때까지 병졸의 삶을 살아야 했기 때문에 딸을 더 선호했던 당시의 모습을 보여주는 시다.

낳은 딸아이는 오히려 이웃에 시집을 보낼 수 있지만

낳은 사내아이는 헛된 죽음으로 무덤에 온갖 풀이 쫓아간다

그대는 보지 못하였는가

청해호에 예로부터 백골을 거두는 사람이 없다는 것을

그곳의 새 귀신이 안절부절 못하며 원망하면

옛 귀신은 통곡을 하는데
날이 흐리고 비가 귀신을 젖게 하면
통곡하는 소리는 날카로워진다

－「병거행<sup>兵車行</sup>」 중

두보의 시는 현실을 잘 반영하고 있어 두보 시를 읽으면 두보가
살던 세상과 만나게 된다. 그래서 두보의 시를 '시사<sup>詩史</sup>', 즉 '시로
표현한 역사'라고 부르는 것이다. 두보는 48세가 되던 해 관직을
버리고 국경에 있는 진주로 갔지만 궁핍에 내몰려 다시 동곡현으로
옮겼다. 그곳에서의 생활은 그의 일생 중 가장 불행한 시기였는데
처자는 굶주림과 추위에 시달리며 도토리와 풀뿌리로 버텨냈다. 그
의 시 중 가장 슬픈 시로 꼽히는 이 시는 그의 절박한 생활을 그대로
보여주고 있다.

나그네 중의 나그네 자미여
헝클어진 흰머리가 귀를 덮었구나
원숭이 따라 도토리 줍는 사이
추운 날 해 저물어 날이 차가운데
중원에선 편지 없어 돌아가지 못하고
손과 발 얼어터져 살과 피부 죽어간다
서글픔에 탄식하며 노래 한 곡 부르니
하늘은 날 위해 슬픈 바람 불어준다

－「동곡현 비가<sup>悲歌</sup> 1」

작품관을 나오니 거무스름한 바위산이 보였다. 필가산筆架山이라고 불리는 산인데 고대 시인들이 붓을 놓던 붓걸이와 그 모양이 흡사하게 생겼다고 붙여진 이름이다. 필가산 아래 동굴에서 두보가 태어났다. 당시에는 동굴이 여름에는 시원하고 겨울에는 따뜻해서 집으로 많이 사용했다고 한다. 필가산 밑에서 큰 문인이 태어난다는 전설대로 역시 두보는 정치가의 운명이 아니라 시인의 운명이었던 것이다.

## 두보초당

청두의 두보초당에 있는 비쩍 마른 두보 동상을 보니 전란 속에서 그가 어떤 삶을 살았는지 알 수 있었다. 청두에 온 두보는 일생을 존경해왔던 제갈량의 사당인 무후사를 찾아 묘소에 참배하고 암자

두보초당에 있는 두보 동상

를 지어 4년간 머물면서 제갈량에 관한 시만 13편을 지었다.

> 승상의 사당 어느 메서 찾았던가
> 금관성 밖 측백나무 우거진 곳
> 섬돌에 비낀 푸른 풀 제 스스로 봄빛이고
> 나뭇잎새 꾀꼬리 속절없이 곱게 운다
> 삼고초려 빈번하게 천하를 계책했고
> 두 조정 열고 지킴은 늙은 신하 서린 마음이어라
> 전쟁터에 나아가 이기지 못하고 몸이 먼저 스러지니
> 길이길이 영웅의 옷깃에 눈물 흠뻑 적시우네
>
> —「촉의 재상」

두보초당 외부

두보의 전체 삶에서 이곳은 그에게 휴식을 주었던 유일한 곳이다. 두보는 이곳에서 240편 이상의 시를 지었다.

> 단비는 시절을 알아
> 봄이면 생명을 솟게 해
> 바람 따라 몰래 밤에 찾아와선
> 가늘게 소리 없이 만물을 적신다
> 들길은 구름과 함께 어둠에 묻혔는데
> 강배의 등불은 홀로 반짝이네
> 날이 밝으면 금관성은
> 꽃잎마다 이슬 총총 붉음 덮치리
>
> —「봄 밤 반가운 비」

두보초당 내부

어느 날 밤 전원에 소리 없이 내리는 봄비에 감동하여 쓴 이 시를 보면 두보는 이곳에서 가장 마음 편한 시절을 보낸 것 같다.

## 떠나가는 배

하지만 평온은 오래가지 않았다. 후원자였던 친구가 갑작스런 죽음을 맞자 의지할 곳을 잃은 두보는 고향으로 돌아가기로 했다. 몸이 좋지 않아 산을 넘어가는 것이 무리였던 그는 배 한 척에 가족을 태우고 장강을 따라갔다. 그러나 두보는 고향으로 돌아가지 못하고 동정호 근처를 떠돌다가 59세의 나이로 배 위에서 객사하고 말았다. 이백이 죽은 지 8년 후 평생 고단했던 두보의 육신도 북망산에 묻혔다.

바람 세고 하늘 높고 원숭이 슬피 우는데
맑은 물가 흰 모래에 새가 날아든다
끝없이 나뭇잎새 우수수 떨어지고
장강 물 한없이 세차게 흘러간다
만 리 밖 슬픈 가을 항상 나그네 신세
한평생 많은 병 끌어안고 홀로 누각에 올랐어라
가난 고난 서러웁고 흰머리 한스러워
영락한 이내 몸 술마저 끊어야 한다니

-「산에 올라서서」

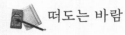 떠도는 바람

황토 구릉의 토굴에서 태어나
헐벗은 세월만큼
참담한 산천
애절한 통곡소리 따라
불끈불끈 낮게 고동치는 시인

도망간 할아범 대신
전쟁터로 가는 할멈
패전으로 고향에 돌아오니
이별할 가족조차 없어진 외톨이
하루만에 이별하는 신부

반백년 마디마디 노래해도
세상일 바람대로 되지 않아
잠시 방랑하는 댓잎 하나
서가에 감춰두고 써내려간
한낮 단잠 같은 시

찬바람 재촉하는 가을이 서러워
구름도 넘지 못하는 길 따라
고향길 나서니
어린 자식 굶어죽어 울부짖는 소리
골 깊은 가슴 무너져 내리고

필가산 봉우리에 얹어둔 꿈
꺼내기도 전에
불어온 북망산 바람
시詩의 혼 가난한 배에 싣고
강기슭 돌아가네

풍류시를 읊다
# 백거이

白居易(772~846)

**백거이의 마지막 거처를 찾아서**

향산사-백거이 묘

중국

뤄양洛陽

## 향산사에 서서

향산사에 서니 강 건너 수천 개의 인공동굴과 수만 개의 석불상을 품고 있는 용문석굴이 한눈에 들어왔다. 그 가운데 있는 여황제 측천무후를 닮은 불상이 가장 크게 보였다. 측천무후가 황제로 등극했을 때 주위의 풍경이 아름다운 이곳을 자주 찾아 군신들에게 시를 짓게 하고 가장 먼저 지은 사람에게 상을 내리기도 했다는 이야기도 전해져 온다. 왕조가 수없이 바뀌어도 불심은 이하강 아래 연연히 흘러가고 있었다.

백거이는 58세가 되던 해에 향산사를 보수하여 이곳에서 시를 쓰며 말년을 보냈다. 그리고 자신의 호를 '향산거사<sup>香山居士</sup>'라고 지었다. 이백과 두보가 불우한 말년을 보낸 것과는 달리 백거이는 학자 집안에서 태어나 10년 동안 독학으로 세 번이나 과거에 합격한 후 무려 40여 년 동안 관리 생활을 했다. 청년기에는 유가적 이상사회 사상에 입각하여 사회 모순을 고발하는 시를 썼고, 중년기에는 도가사상에 심취하여 무위자연을 노래했다. 만년엔 '취음선생'이라는 호를 쓰면서 술과 거문고를 벗 삼아 시를 지으며 살았다.

용문석굴

## 슬픈 사랑 이야기, 「장한가」

 정직하고 청렴했던 백거이는 불의 앞에서 허리를 굽히지 않았다. 35세 때 중국 주지현의 관리로 있을 당시 벗들과 함께 선유사를 유람 중이었는데 벗들은 백거이에게 현종과 양귀비에 관한 시를 써 보는 게 어떻겠냐고 권했다. 황제를 비판하는 일은 쉽지 않았지만 현종과 양귀비에게 관심이 많았던 백거이는 항간에 떠도는 자료를 수집해서 시를 지었다.

> 한 황제 사랑 그리워함에 나라는 기울어가네
> 오랜 세월 세상을 살펴도 구할 수 없구려
> 양씨 가문에 갓 장성한 딸이 있었지만
> 깊숙한 규방에서 자라 누구도 알지 못하나
> 타고난 아름다움 그대로 묻힐 리 없어
> 하루아침 뽑혀 군왕 곁에 있도다
> 눈웃음 한 번에 모든 애교가 나오니
> 육궁에 단장한 미녀들의 안색을 가렸다오

-「장한가長恨歌」 중

향산사 전경

「장한가」는 양귀비가 현종의 눈에 들어 궁궐로 들어가는 것에서부터 시작한다. 현종은 양귀비에게 빠져 아침 조회에도 나가지 않는다. 안록산의 난이 일어나자 양귀비는 죽고 난이 진압된다. 궁궐로 돌아온 현종은 양귀비의 영혼을 만나 하늘에 있게 되면 몸뚱이는 둘이면서 날개가 하나씩인 비익조가 되고, 땅에 떨어지면 뿌리는 둘로 나눠지지만 가지가 하나로 합쳐진 연리지가 되자고 언약한다. 「장한가」는 한 편의 슬픈 사랑 이야기일 뿐만 아니라 후세에 커다란 교훈을 주었다. 현재 시안의 화청지에서는 매일 밤 「장한가」를 각색한 뮤지컬이 공연되고 있다. 여산 전체를 무대로 한 엄청난 규모의 이 공연은 시안을 찾는 사람들에게 많은 사랑을 받고 있다.

## 풍류시에 담긴 민정

37세에 좌습유의 직책을 맡았을 때 백거이는 불합리하다고 여겨지면 곧바로 황제에게 간언을 올렸다. 이때 풍류시 50편을 썼다. 그는 황제가 눈과 귀를 가리지 않고 민정을 충분히 이해하려면 자신의 풍류시를 읽어야 한다고 말했다. 이러한 직언은 칭찬을 받기도 했으나 미움도 많이 받아 몇 번이나 쫓겨날 뻔했다.

안록산의 난으로 사람들을 마구 잡아 군대에 보내던 시절 백성들은 병역을 피하기 위해서라면 자해 행위도 서슴지 않았다.


깊은 밤 아무도 모르게 몰래

큰 돌로 팔을 쳐서 부러뜨렸다네

활 당기고 깃발 들 수 없는 것을 알고서야

이때 비로소 원남 정벌에서 빠졌노라

뼈가 으스러지고 근육이 상했으니 아니 아플까마는

우선 징병에서 떨어져 고향에 돌아오기만 도모했노라

이 팔 잘린 지 육십 년이 되었는데

한 팔은 비록 상했으나 한 몸이 온전하게 되었다네

지금도 비바람 불고 추운 밤이면

날이 밝도록 아픔에 잠 못 이룬다오

-「신풍의 팔 잘린 노인」 중

이 시는 백거이가 신풍에 들렀을 때 징집 희생자였던 88세의 팔
잘린 노인을 만나고 쓴 시다. 그는 백성들의 참담한 생활상을 외
면할 수 없었고 교서랑을 맡고 있던 기간 동안 장안에서 보고 들은
처참한 사회현실과 인간에 대한 비애, 관리로서의 자각 등을 시로
써서 상부에 올렸다.

## 눈물의 비파 연주

백거이는 중앙정치의 권력투쟁에 염증이 난데다 어머니가 세상을
떠나자 3년 간 벼슬을 쉬었는데 이때 세 살밖에 안 된 외동딸도 죽
었다. 그의 마음은 힘들었고 경제적으로도 궁핍해졌다. 그의 아내
마저 친정으로 돌아가고 그는 아내를 그리워하다 병까지 얻게 되
자 그는 아무것도 이루어놓은 것 없는 자신을 돌아보게 되었다. 어
머니 탈상 후 다시 장안으로 돌아와 벼슬을 했지만 반대파의 미움
을 받아 44세 때 결국 강주사마로 좌천되었다.

강주사마로 좌천된 다음해 돌아가는 손님을 배웅하려고 심양강에
가서 배를 같이 탔다. 배 안에서 환송연을 여는데 음악이 없어서
아쉬워하고 있었다. 그런데 근처에 있는 배에서 비파를 연주하는
소리가 들렸다. 백거이 일행은 그 배에 다가가 연주자에게 비파 연
주를 부탁했다. 한참 뒤에 비파로 얼굴을 가린 여인이 나와 백거이
의 배로 옮겨 타더니 비파 연주를 시작했다. 음악에 조예가 깊었던
백거이는 그동안 벽촌에서 제대로 된 음악을 듣지 못해 괴로웠던
참이었는데 뜻하지 않게 아름다운 비파 연주를 듣게 되어 매우 기
뻤다. 연주를 마친 여인은 자신은 본디 장안 사람으로 한때 장안에
서 이름난 기녀였으나 나이가 들자 상인의 아내가 되었다고 했다.
여인의 처지를 알게 된 백거이는 그 역시 신세를 털어놓으며 자신
이 '비파행'이란 제목으로 시를 쓸 테니 연주를 해달라고 여인에게
부탁했다. 여인도 감격하여 더욱 애절한 곡조로 연주하자 배 안의
청중들은 모두 흐느꼈다.


큰 줄은 세찬 소나기 같고

작은 줄은 절절한 속삭임 같다

세차고 때로는 절절해

온갖 구슬이 옥쟁반에 떨어지는 듯

한가한 대문 안 꾀꼬리 소리 꽃가지 사이로 흐르듯

샘물이 얼음 밑을 흐느끼며 흐르듯

물줄기 얼어붙듯이 현이 얼어붙으며 소리는 끊기고

얼어붙은 듯 끊어진 소리 점점 사라진다

따로 그윽한 슬픔 남모르는 한이 되살아나는 듯
비파 소리가 울릴 때보다 더 좋았네
은병이 갑자기 깨져 물줄기가 치솟듯
철마가 갑자기 뛰어오르고 창칼이 부딪치듯
곡이 끝나고 채를 뽑아 비파를 휙 그으니
비단이 찢어지듯 네 현이 한꺼번에 소리를 낸다
동쪽 배 서쪽 배 사람들 모두 할 말을 잊고
강 한가운데 밝은 가을달만 바라보았네

－「비파행琵琶行」 중

## 벼슬을 버리다

백거이는 정치적 술수를 부리지 못했던 관리였기에 과거시험 성적에 비해 출세를 하지 못했다. 후에 다시 조정의 내직을 맡기도 했으나 권세를 탐하는 벗들을 보고 지방 관리를 지원했다. 그러다가 말년에는 벼슬을 버린 채 뤄양에 은거했다.

나는 이미 칠십의 나이가 되었으니
눈은 어둡고 수염은 희고 정신은 흐리다
다만 두려운 것은 이 돈 다 쓰지 못하고
아침이슬보다 더 빨리 죽는 것은 아닐까 하는 것이다
죽지 않고 좀 더 사는 것도 나쁜 것은 아니니
배고프면 먹고 즐거울 때 마시면 편히 잠들 수 있다
죽고 사는 것이 좋을 것도 나쁠 것도 없어라

진리에 달통하였구나 달통하였구나 백락천이여

「달통했도다, 백락천이여」 중

백거이는 70세가 되었을 때 이 시를 지었다. 만년에 그의 즐거움은 손님을 모시고 봄놀이를 하거나, 산에 올라 스님들과 좌선을 하거나, 혹은 하루 종일 취해 누워 있으면서 허드렛일을 완전히 잊어버리는 것이었다.

**백거이 묘**

산길을 조금 오르니 녹음이 우거진 백원이 나왔는데 그 안에 백거이의 묘가 있었다. 노쇠한 백거이는 정치에 실망하고 불교의 영향을 받아 향산사에서 남은 생을 보냈으며, 승려들과 시를 지으며 청

백거이 묘

백림

빈한 생활을 이어가다가 75세의 나이로 생을 마감했다. 백거이를
기리는 백림에는 백거이의 시들이 행서, 예서, 초서 등의 글씨체로
벽에 새겨져 있었다.

 백거이는 평생 3천 편이 넘는 시를 지었다. 백거이의 자는 하늘의
이치를 기꺼이 받아들인다는 의미인 낙천樂天이다. 그의 이름 거이
居易도 두루두루 편안하게 살아간다는 뜻이다. 그는 모든 사람들이
듣고 이해할 수 있게 시를 쓰려고 노력했다. 일상어로 시를 썼으
며, 한 편의 시가 완성될 때마다 이웃 노인들에게 들려주어 어려운
부분을 고쳐 썼다. 일상의 어휘를 간과하는 오늘날의 시인들에게

벽에 새겨진 백거이의 시

백거이의 시정신은 본받을 만하다.

"들에 불이 나도 다 태우지 못하니, 봄바람 불면 다시 살아나네."

백거이의 싯귀대로 그의 시는 이하강에서 불어오는 바람을 따라 다시 살아나고 있었다.

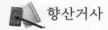 향산거사

한 말의 술을 마시고
홀연히 문을 나서니
깊은 밤 끊기는 비파 소리
가슴속 소나기 되어
비파행을 선물하는 강주사마
부용휘장 짧은 봄밤 끝나고
흙먼지 일어 땅에 떨어진 양귀비꽃
새가 되면 비익조가 되고
나무가 되면 연리지가 되자는
현종과 양귀비 천상의 맹세
장한가를 노래하는 시인

천 년의 세월

용처럼 굽이굽이 흘러

돌에 새긴 숭고한 신앙

이하강에 넓게 번지고

향산사 종소리

살고 죽고 가고 오는 것을 알리는데

부싯돌 번쩍이는 찰나에

몸을 맡기고

사랑도 미움도 노래가 되어

오늘도 낚싯대 드리우고

푸른 산만 쳐다보는 취음선생

새로운 세상을 만나다
# 박지원

朴趾源(1737.3.5~1805.12.10)

중국

『열하일기』의 흔적을 찾아서

피서산장-외팔묘

청더承德

## 또 하나의 수도, 열하

스모그로 하늘색을 볼 수 없는 베이징을 벗어나 멀리 만리장성을 보며 자동차로 3시간 정도 달리니 파란 하늘이 얼굴을 보였다. 열하는 청더의 다른 이름으로 겨울에도 얼지 않는 열하천이 있어 붙여진 이름이다. 열하천이 있는 피서산장은 시원한 고원지대에 위치해 있어서 예로부터 청나라 황제들의 여름 피서지였는데 이는 단순히 피서를 즐기기 위해 지은 것은 아니다. 기존의 수도였던 연경(지금의 베이징)이 한족을 지배하기 위한 수도였다면 열하는 몽고, 티베트 등의 변방민족들과 관계를 잘 유지하기 위해 세운 또 다른 수도였다.

## 열린 마음으로 떠난 여행

연암 박지원은 43세 때 조선 사절단인 사촌 형을 따라 건륭황제의 고희연에 참석하게 되었다. 1780년 5월 25일부터 10월 27일까지 약 5개월 간 연경과 열하까지 둘러볼 수 있었던 것은 그에겐 큰 행운이었다. 그 당시 중원을 점령한 청나라는 세계에서 가장 부강한 나라였지만 조선 사대부들은 성리학의 영향으로 청나라 문화를 멸시했다. 하지만 박지원은 선입견을 버리고 열린 마음으로 새로운 세상을 받아들였고, 배우고 느낀 것을 꼼꼼히 기록했다.

조선 사절단의 애초 일정에는 열하가 없었다. 목적지는 연경이었는데 마침 피서산장에 있던 황제가 그들을 급히 그리로 불러들인 것이다. 조선 사절단은 온갖 고생 끝에 연경에 도착했지만 한숨을 돌리기도 전에 열하로 다시 떠나야 했다.

피서산장 입구

열하천

조선 사절단이 열하에 도착했을 때는 8월의 더위가 기승을 부리던 시기였다. 게다가 촉박한 시간 때문에 하룻밤에 강을 아홉 번이나 건너고, 달리는 말 위에서 잠을 자기도 해야 했던 고된 여정이었지만 박지원은 새로운 세계를 만난다는 기쁨에 설렜다. 그는 밤중에 배를 타고 험난한 요새인 고북구를 빠져 나가면서 아래와 같은 글을 남겼다.

때마침 달이 상현이라 고개에 걸려 떨어지려 하는데, 그 빛이 싸늘하기가 갈아세운 칼날 같았다. 달이 고개 너머로 기울어지자 오히려 뾰족한 두 끝을 드러내어 졸지에 불빛처럼 붉게 변하면서 횃불 두 개가 산 위에 나오는 것 같았다. 북두칠성은 반남아 관 안에 꽂혔는데, 벌레 소리는 사방에서 일어나고 긴 바람은 숙연한데, 숲과 골짜기가 함께 운다. 그 짐승 같은 언덕과 귀신 같은 바위들은 창을 세우고 방패를 벌여 놓은 것 같고, 큰 물이 산 틈에서 쏟아져 흐르는 소리는 마치 군사가 싸우는 소리나 말이 뛰고 북을 치는 소리와 같다.

－「야출고북구기」 중

**외팔묘**

피서산장의 외곽에 있는 외팔묘外八廟는 변방민족의 종교적 전통을 포용하려는 노력의 결과물이다. 이 중 라싸의 포탈라 궁을 본떠 지은 보타종승지묘는 외팔묘 중 규모가 가장 큰 사원으로 건륭황제가 1767년 자신의 회갑과 어머니의 팔순을 기념해 티베트 불교 건축양식을 따라 지은 건물이다. 지상에서 사원의 꼭대기에 이르는 계단은 모두 104개다. 108 번뇌의 고통 중 피할 수 없는 생로병사를 제외한 104개의 계단을 하나씩 밟아 올라가며 번뇌를 없애라는 뜻이다. 올라가는 동안 뒤돌아보지 않고 마지막까지 같은 속도를 유지해야만 불운이 깃들지 않는다고 한다. 돌아보지 않고 4층 옥상까지 곧장 올라갔지만 일정한 속도를 유지하기는 쉽지 않았다. 옥상에 올라서자 누각들의 지붕이 금으로 반짝였다.

건륭황제는 티베트의 정신적 지도자 판첸라마를 이곳에 모셨다. 그리고 조선 사절단에게도 판첸라마에게 예를 표하라고 명했다. 조선 사절단은 근본도 모르는 종교의 지도자를 만나는 것이 내키지 않았지만 황제의 지시라 마지못해 판첸라마를 만났다. 그런 조선 사절단과 달리 박지원은 열하에서 새로운 변화의 힘을 느꼈다.

라싸의 포탈라 궁을 본떠 지은 보타종승지묘

그리고 그는 중국인을 만나 판첸라마의 존재에 대해 물었고, 명분과 실리 사이에서 갈팡질팡하는 조선 사절단의 생생한 이야기를 『열하일기』에 적어두었다.

## 우울 속에 피어난 우정

박지원은 삶과 여행을 분리시키지 않고 사람과 끊임없이 접속하며 사유했다. 그는 중국말을 할 줄 몰랐지만 현지 사람들과 필담을 통해 따뜻한 우정을 나누었고, 길 위에서 겪는 많은 사건들은 글의 소재가 되었다. 고된 여행 중에도 매일 글을 썼고, 먹물이 없으면 술을 쏟아 먹을 갈았다. 그래서인지 박지원의 글은 생동감이 넘친다.

박지원이 그 어떤 사람들과도 자연스럽게 교류할 수 있었던 것은 10대부터 앓았던 우울증에서 벗어나기 위해 저잣거리에 나가 신분에 상관없이 누구든지 만나 그들의 이야기를 듣고 글을 썼기 때문이다. 박지원에게 글쓰기는 새로운 생각을 전파하는 훌륭한 도구였다. 그는 소과시험에서 장원을 차지할 만큼 인재였지만 2차 시험에서는 백지를 제출하고 더는 과거시험을 보지 않았다. 당시의 사람들은 성현의 말을 그대로 빌려 표현하는 것을 당연하게 여겼고, 그럴 능력을 갖추어야 훌륭하다고 생각했지만 박지원은 이를 못마땅하게 여겼던 것이다.

## 금서가 된 『열하일기』

여행 내내 손에서 붓을 놓지 않았던 박지원은 조선에 돌아와서 방대한 분량의 『열하일기』를 완성했다. 그보다 앞서 연경을 다녀온

이들이 남긴 기록을 '연행기'라고 붙였는데 이런 이름을 따라하기 싫었던 박지원은 '열하일기'라고 붙였다. 당시의 정치, 사회, 경제, 문화를 총망라한 이 책은 완본이 나오기도 전에 필사본이 나돌 정도로 큰 인기를 끌었다. 그러자 정조는 양반가에서 쓰는 문체와 달리 자유분방한 패관소품체를 금지하는 문체반정을 내려 박지원에게 순수하고 바른 글 한 편을 지어서 『열하일기』의 횟값을 치르라고 요구할 정도였다. 결국 『열하일기』는 금서가 되어 버렸고, 공식적으로 출판되지 못하다가 연암 사후 100년이 넘은 1900년 초기에 초록 형태로 발간되었다.

## 실용정신의 실천

박지원이 『열하일기』를 통해 전하려던 것은 실학의 바탕이 되는 이용후생利用厚生, 실사구시實事求是였다. 청나라의 실용정신을 배운 그는 청나라를 정벌하자는 북벌론을 비판하며 청나라 문물의 좋은 점을 빌려와 조선의 것으로 만드는 게 나라 발전에 도움이 된다고 확신했다.

> 중국의 제일 장관은 저 기와조각에 있고 저 똥 부스러기에 있다. 대체로 깨진 기와조각은 천하에 쓸모없는 물건이다. 그러나 민가에서 담을 쌓을 때 깨진 기와조각을 둘씩 둘씩 짝을 지어 물결무늬를 만든다. 똥오줌은 아주 더러운 물건이다. 그러나 거름으로 쓸 때는 금덩어리라도 되는 양 아까워한다.
>
> –『열하일기熱河日記』 중

50세의 늦은 나이에 박지원은 안의 현감이라는 관직 생활을 받아들였다. 먹고살기 위한 방편이었지만 청나라에서 보고 배운 대로 생활에 필요한 도구들을 직접 만들어 보고 싶었던 것이다. 박지원은 폐허가 된 관사를 정돈하고 연못을 만들었다. 그리고 꽃과 나무를 심어 봄여름에는 병풍이 되고, 가을과 겨울에는 울타리가 되게 했다. 또한 담을 뚫어 도랑물을 흘러들어오게 하였다가 다시 물길을 따라 흘러나가게 했다.

 말년에 박지원은 벼슬을 내려놓고 책 쓰는 일에 몰두했다. 그리고 69세의 나이로 미련 없이 생을 마감했다. 그는 자신의 존재를 끊임없이 묻고 답하며 삶을 여행한 진정한 여행자였다.

피서산장 내 호수

 길을 묻다


채찍 날려 길 재촉하고
수레 다투어 달려
또 한 고개 넘어왔건만
길은 없고 강만 넓어
돌아갈 곳 없는데
하늘과 강 맞닿은 곳
비구름만 창창할 뿐
여기서 한바탕 울어야 하지 않겠소


초승달 지고
시냇물 소리 요란해지면
긴 바람 우수수 불어와
산봉우리 흔들어도
높은 자리 올라가면 두려우니
별빛 아래 먹을 갈고
찬 이슬에 붓을 적셔
여기서 참된 소리 외쳐야 하지 않겠소

이곳에 귀한 물건

저곳에 쓸모없음은

어두운 마음 때문

이곳과 저곳 사이

누가 경계 만들었소

이곳과 저곳 그 사이 어딘가

길은 반드시 있는 법

여기서 한 발자국 나아가야 되지 않겠소

민족혼을 깨우다
## 루쉰

魯迅(1881.9.25~1936.10.19)

중국

루쉰의 흔적을 찾아서
루쉰고리-루쉰고거-루쉰 공원

루쉰고거 · 루쉰 공원
상하이上海

루쉰고리
사오싱紹興

## 루쉰의 고향, 루쉰고리<sup>魯迅故里</sup>

 좁은 곡선형 다리가 운하 사이를 가로지르는 물의 도시 사오싱에 들어왔다. 사오싱은 춘추시대 월나라의 수도로 사마천의 『사기』에 나오는 고사성어 '와신상담<sup>臥薪嘗膽</sup>'의 현장이며, 중국 탄생의 초석이 된 저우언라이 총리의 고향으로 예로부터 중국 책사가 많이 배출된 곳이다. 루쉰도 이곳에서 태어나고 자랐다.

 마을에 들어서자 취두부 냄새가 코를 찔렀다. 청나라 말기의 전형적인 사오싱 민가 건축물들이 아직 남아 있어 옛 중국의 정취가 느껴졌다. 먼저 루쉰이 처음 학문을 접한 삼미서옥이 눈에 들어왔다. 당시 삼미서옥은 이름난 서당이었는데 루쉰은 12세 때부터 17세까지 스승 서우화이젠에게서 유학경림과 사서오경을 읽고 글 짓는 법을 배웠다.

물의 도시 사오싱

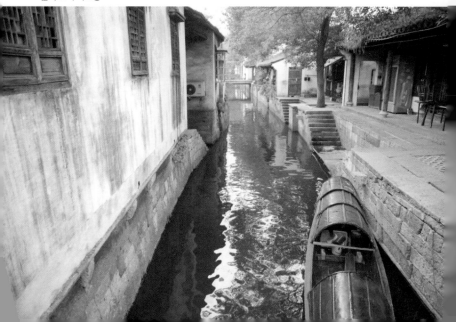

삼미서옥 내부

  루쉰이 삼미서옥에 들어간 이듬해 베이징에 있던 할아버지가 위험을 무릅쓰고 뇌물을 쓰다가 관리에게 들켜 사형 집행유예 판결을 받고 옥살이를 했다. 결국 가문은 몰락하고 아버지는 병을 얻었다. 루쉰은 기울어진 집안의 장남으로서 아버지의 병을 치료하기 위해 4년 동안 전당포와 한약방을 드나들어야 했다.

  루쉰이 살았던 집으로 들어가 보았다. 안뜰 너머에는 어머니의 방이 있었고, 부엌을 지나 뒤뜰로 나가니 '백초원'이라고 적힌 표석이 나왔다. 그 뒤로 남새밭이 있었는데 사람의 방해를 받지 않고 놀 수 있어서 루쉰이 좋아했던 곳이다. 이곳에서 그는 혼자 시간을 보

백초원

내며 감성을 길렀다.

루쉰의 아버지가 세상을 떠나고 2년 후 18세의 루쉰은 새로운 학문을 배우기 위해 난징으로 떠났다.

### 함형주점

루쉰이 살았던 집을 나와 걷다 보니 함형주점이 보였다. 함형주점은 루쉰의 단편소설 「공을기」의 배경이 되는 곳이다. 주점 앞에는 회향두를 먹고 있는 공을기의 동상이 서 있었다.

공을기가 가게에 도착하자마자 술을 마시던 모든 사람들이 그를 보고 웃는다. 어떤 사람들은 그를 향해 "공을기, 네 얼굴에 상처 하나가 또 늘었네!"라며 소리를 친다. 그는 말대꾸를 하지 않고, 계산대를 향해 "여기 따뜻한 술 두 사발하고 회향두한 접시"라고 말한 후 9문이라는 큰돈을 꺼내서 늘어놓는다. 다른 손님들이 "너 또 남의 집에서 물건 훔쳤구나!"라며 일부러 큰소리로 외치자, 공을기는 두 눈을 부릅뜬다.

"네가 어떻게 나같이 때묻지 않고 청백한 사람을⋯⋯."

"뭐가 깨끗해? 내가 그제 두 눈으로 네가 다른 사람의 집에서 책을 훔치다 들켜 매달려서 맞는 것을 봤는데."

공을기는 곧 얼굴이 붉게 달아오르고 핏대를 세우며 쟁변을 한다.

"책을 훔치는 것을 도둑이라 할 수는 없다⋯⋯. 책을 훔치는

함형주점

것! 지식인의 일을 능히 도둑이라 말할 수 있겠는가?"

-「공을기孔乙己」 중

과거제도가 폐지된 이후 청나라에는 몰락한 선비들이 많았다. 이 작품의 주인공 공을기는 그 시대의 대표적인 인물로 생계조차 감당하지 못하는 삶을 살아간다. 루쉰은 이 작품을 통해 약한 사람들을 웃음거리로 삼는 중국인의 국민성과 달라진 사회에 적응하지 못하는 공을기의 유교사상을 동시에 비판했다.

### 계몽문학의 길

루쉰은 23세가 되던 해 의학 공부를 하려고 일본 유학을 떠났다. 어느 날 수업 중에 영화를 보다가 한 중국인이 일본군에게 공개처형을 당하는데도 구경만 하고 있는 중국 동포들의 모습에 큰 충격을 받았다. 그는 민중의 육체보다 정신을 치료하는 것이 시급하다는 것을 깨닫고 문학으로 방향을 바꾸었다. 봉건주의가 사람을 잡아먹는다고 보았던 루쉰은 부모와 자식, 형제, 부부, 친구, 스승과 제자 등의 관계에 얽매여 변화를 수용하지 않는 사람들의 가면을 벗겨 내고 싶었다. 이러한 내용을 담아낸 「광인일기」를 루쉰이라는 필명으로 『신청년』에 발표했다.

루쉰의 대표작 「아큐정전」에는 부르주아 계급이 지도했던 신해혁명이 오래된 봉건체제를 종식시키긴 했지만 그 체제의 밑바닥까지 바꾸진 못했다는 그의 신념이 깔려 있다. 「아큐정전」의 주인공 아큐는 직업도 없고 집도 없이 떠도는 남자로 어리석고 거만하다. 강

한 자한테는 약하고, 약한 자한테는 강하며 아무리 모욕을 당해도 저항할 줄 모르고 오히려 정신적으로 승리했다고 생각한다.

> 그는 자기야말로 자기를 경멸할 수 있는 제1인자라고 생각하고 있었다. '자기 경멸'이란 말을 제외하면 남는 건 '제1인자'였다. 그는 건달에게 두들겨 맞고는 잠시 서서 생각한다.
> '아들놈한테 맞은 걸로 치지 뭐. 요즘 세상은 돼먹지가 않았어⋯⋯.'
> 그러고는 그도 흡족해하며 승리의 발걸음을 옮겼다. 일종의 '정신승리법'이라는 것이다.
>
> —「아큐정전阿Q正傳」 중

아큐는 혁명군이 뭔지도 모르면서 자신이 혁명군인 것처럼 행동하고, 누명을 쓰고도 글자를 모른다는 것을 들킬까봐 순순히 끌려간다. 총살당하기 직전 아큐는 현실을 깨닫지만 혁명의 진정한 의미는 여전히 모른 채 죽음을 맞는다.

중국의 본질을 간파한 루쉰의 작품들은 청년들의 마음을 뒤흔들어 놓았다. 루쉰은 소설가로 많이 알려져 있지만 중년 이후에는 중국이 안고 있던 문제점들을 타개하기 위한 방편으로 산문을 많이 썼다. 마오쩌둥은 루쉰을 "위대한 문학인일 뿐 아니라 위대한 사상가이자 혁명가"라고 평가했다.

루쉰은 항저우에서 교사 생활을 잠깐 했지만 보수적인 학교여서 그만두었고, 사오싱에선 교장으로 부임되었으나 고위층과의 갈등으로 사직했다. 이후 대학교수로 있을 때도 학생들이 탄압을 받는 걸 보고 항의의 표시로 사표까지 냈다. 월급을 받은 건 그때가 마지막이었다. 이후 생활비 때문에 그는 중국 고대소설 연구를 비롯해 다양하고 많은 글을 썼다.

## 정신적 동반자, 쉬광핑

상하이에 있는 루쉰고거魯迅故居를 찾았다. 집안의 달력과 시계는 루쉰이 사망한 날짜와 시간에 멈춰 있었다. 루쉰이 쓰던 가구와 생필품도 남아 있었는데 부인 쉬광핑이 루쉰이 생전에 살았던 모습 그대로 복원한 것이다. 루쉰이 숨을 거둔 방은 2층 침실인데 루쉰은 이곳에서 9권의 잡문집과 역사소설집 등을 집필했고, 외국 문학작품도 번역했다. 또한 좌익작가연맹의 지도자로 세계의 프롤레타리아 문학을 흡수하기 위해 많은 노력을 기울였다.

루쉰은 부모가 정해준 아내를 버리고 제자 쉬광핑과 이 집에서 10년간 같이 살았다. 그는 일본 유학 중이던 26세 때 어머니가 정해준 여성인 주안과 혼례를 치렀고 형식적인 결혼 생활을 유지했다. 그러다 대학교수 시절, 학생들의 민주화 요구 시위를 지원하던 중에 여대생 쉬광핑을 만났다. 쉬광핑은 1919년에 일어난 5·4 운동을 목격하고 여성운동과 애국운동에 적극 참여한 진보적 여성이었다. 이후 쉬광핑은 루쉰의 조교로 일하게 되었고, 둘 사이는 점점 가까워져 동거로 이어졌다. 두 사람은 정식으로 결혼식을 올리거나 서류도 정리하지 않고 살면서 아들도 낳았다. 루쉰은 사망할 때까지 쉬광핑의 내조를 받으며 문학적 업적을 쌓았다. 루쉰이 폐

병으로 죽자 쉬광핑은 루쉰 전집을 출간하고 그의 유품을 보존하여 기념관을 건립하는 등 남은 생을 루쉰 사업에 힘썼다.

## 루쉰 공원

루쉰의 묘와 기념관이 이전해 오면서 루쉰 공원이라 불리게 된 이곳은 우리에게는 일본 대장에게 물통 폭탄을 던진 윤봉길 의사의 기념관이 자리한 홍구 공원으로 더 많이 알려져 있다. 공원은 영국 원예가에 의해 설계되었지만 중국식 정원과 다름없어 보였다. 중국은 어느 공원에서나 태극권을 하는 사람들과 마른 바닥에 물로 글

씨를 쓰는 지서를 하는 사람들을 쉽게 볼 수 있다. 루쉰도 이곳에서 산책을 즐겼다고 한다.

가로수가 양쪽으로 이어진 길 가운데 루쉰의 동상과 묘가 보였다. 무덤에는 마오쩌둥이 직접 쓴 '루쉰 선생의 묘'라는 글자가 새겨져 있었다. 루쉰이 죽자 애도의 물결이 뒤따랐는데 장례식에 참가한 사람은 수만 명에 이르렀고, 그의 영구에는 '민족혼'이라는 세 글자가 수놓인 휘장이 덮였다. 루쉰은 그렇게 중화민족 정신의 상징이 되었다.

희망이라는 것은 원래 있다고도 할 수 없고 없다고도 할 수 없다. 그것은 마치 땅 위에 놓인 길과도 같은 것이다. 원래 땅에는 길이 없었다. 지나다니는 사람들이 많아지면 그것이 곧 길이 되는 것이다.

-「고향」 중

루쉰 공원 안에 있는 루쉰 동상

루쉰 묘

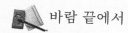 바람 끝에서

대지 위에 몸 눕히면
어머니는 수천 번 나를 낳는다
자고새 월왕대 날아오르고
들풀만 무성한 백초원
시간으로부터 표류해
본래 없는 길을
뚜벅뚜벅 걸어가는 사람
장삼 입고 서성이는 공을기 주름을 지나
뜨거운 소흥주에 붉게 타는
소설 속 그 시간에 잠시 멈추었다가
술에 담근 취부두 냄새처럼
혼란의 소용돌이 초인처럼 살다간
시대의 전설
강물은 흘러 다시 돌아오지 못하고
루쉰고거 뒤뜰에
바람이 분다
바람이 분다

별을 노래하다
# 윤동주

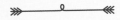

尹東柱(1917.12.30~1945.2.16)

중국
일본

**윤동주의 흔적을 찾아서**
윤동주 생가–도시샤 대학

윤동주 생가
룽징 龍井

중국

일본

도시샤 대학
교토

## 윤동주의 고향

룽징[용정] 명동촌 마을 입구에 윤동주 생가임을 알리는 표석이 덩 그러니 놓여 있었다. 윤동주는 이곳에서 태어나 14년을 보냈다.

'중국조선족애국시인 윤동주'라고 쓰인 커다란 대문으로 들어가니 윤동주의 시들이 풀밭에 묻혀 있었다. 「서시」는 특별히 윤동주의 얼굴과 함께 조각된 커다란 비석에 새겨져 있었다. 일제강점기 일 본군의 간섭을 피하기 위해 김약연 목사가 지은 명동교회 옆에 윤 동주의 시 「자화상」의 소재가 된 우물도 보였다.

생가 툇마루에 앉아 있으니 윤동주가 다녔던 명동소학교 건물이 멀리 보이는 듯했다. 윤동주는 명동소학교를 다니면서 가장 친했 던 친구인 송몽규, 문익환과 원고를 모아 편집해서 『새명동』이라 는 잡지를 등사판으로 발간하기도 했다.

연설을 잘하고 리더십이 있는 몽규와 노래를 잘하고 음악적 감수

윤동주 생가

성이 좋은 익환 그리고 글을 잘쓰는 동주는 이곳에서 함께 성장했
다. 각각 다른 기질을 가진 친구들이었지만 이들은 윤동주의 인생
에 큰 영향을 끼쳤다.

 윤동주는 은진중학교 4학년 1학기를 마치고 문익환이 다니던 숭
실중학교로 그보다 한 학년 아래로 편입했는데 이때 윤동주는 삶
의 첫 좌절을 경험했다. 송몽규는 누구에게도 알리지 않고 낙양군
관학교에 입교하기 위해 중국을 떠난 상태였다. 윤동주는 송몽규
와 문익환에게 늘 열등감을 가졌다고 생전에 회고했다.

 숭실중학교가 신사참배 거부 사건으로 폐교되자 윤동주는 다시

용정으로 돌아와 광명중학교에 편입했다. 이때『가톨릭 소년』이라는 잡지에「병아리」,「빗자루」라는 동시를 처음으로 발표했다.

## 운명적 만남, 송몽규

윤동주와 송몽규의 인연은 운명이라 하지 않을 수 없다. 사촌지간이었던 둘은 석 달 차이로 태어났으며, 같은 장소, 같은 시기에 죽음을 맞았다. 송몽규가 18세에「동아일보」신춘문예 콩트 부문에 당선되자 윤동주는 큰 자극을 받았다. 그러나 송몽규는 민족독립운동의 길을 걸어갔고, 윤동주는 학교 정문에 걸려 있는 만주국 깃발과 일장기를 보면서 소식이 끊긴 송몽규를 몹시 그리워했다.

사이좋은 정문의 두 돌기둥 끝에서
오색기와 태양기가 춤을 추는 날

송몽규(앞줄 가운데)와 윤동주(뒷줄 오른쪽)

금을 그은 지역의 아이들이 즐거워하다

아이들에게 하루의 건조한 학과로
해말간 권태가 깃들고
모순 두 자를 이해치 못하도록
머리가 단순하였구나

이런 날에는
잃어버린 완고하던 형을
부르고 싶다

-「이런 날」

## 시집을 만들다

1938년 광명중학교를 졸업한 윤동주는 고향으로 다시 돌아온 송몽규와 함께 연희전문학교(지금의 연세대학교)에 입학했다. 문과 학생회인 문우회에서 발행한 잡지 『문우』에 윤동주의 시 「새로운 길」과 「자화상」 두 편이 실렸다. 그해 9월엔 윤동주의 대표작인 「또 다른 고향」, 「별 헤는 밤」, 「서시」, 「간」 등이 씌어졌다.

계절이 지나간 하늘에는
가을로 가득 차 있습니다
나는 아무 걱정도 없이
가을 속의 별들을 다 헤일 듯합니다

가슴속에 하나 둘 새겨진 별

이제 다 못 헤는 것은

쉬이 아침이 오는 까닭이오

청춘이 다하지 않은 까닭입니다

-「별 헤는 밤」 중

「별 헤는 밤」을 완성한 후 윤동주는 졸업 기념으로 시집을 만들려고 그동안 써놓았던 시 중에서 18편을 뽑고 「서시」를 추가해서 '하늘과 바람과 별과 시'라는 제목을 붙였다. 그리고 일일이 원고지에 베껴서 필사본 3부를 제작했다.

## 눈물로 얼룩진 일본 유학길

일본 유학을 위해 어쩔 수 없이 해야 했던 창씨개명은 윤동주에게 큰 아픔이었다. 창씨개명계를 내기 5일 전 그는 참담한 심정을 한 편의 시에 담았다.

파란 녹이 낀 구리 거울 속에

내 얼굴이 남아 있는 것은

어느 왕조의 유물이기에

이다지도 욕될까

나는 나의 참회의 글을 한 줄에 줄이자

― 만 이십사 년 일개월을

무슨 기쁨을 바라 살아왔던가


내일이나 모레나 그 어느 즐거운 날에
나는 또 한 줄의 참회록을 써야 한다
— 그때 그 젊은 나이에
왜 그런 부끄런 고백을 했던가


밤이면 밤마다 나의 거울을
손바닥으로 발바닥으로 닦아 보자


그러면 어느 운석 밑으로 홀로 걸어가는
슬픈 사람의 뒷모양이
거울 속에 나타나온다

—「참회록」


 윤동주는 생의 마지막 3년을 일본 유학생으로 있었는데 처음 5개월간은 일본 도쿄의 릿쿄 대학에 있으면서 친구들에게 시를 보냈다. 일본에서 쓴 시 중 현재 남아 있는 것은 5편뿐인데 모두 이때 쓴 것이다. 일본 유학 초기 윤동주는 향수병에 시달리다 릿쿄 대학 한 학기 만에 송몽규가 있는 교토로 가서 도시샤 대학 영문과로 전입학을 했다. 윤동주는 일본 경찰이 감시하는 줄도 모르고 송몽규와 자주 만나 민족의 독립에 대한 이야기를 나누었다.
 1943년 봄 학기가 끝나자 고향에 갈 준비로 몹시 바빴던 윤동주는 송몽규와 함께 돌연 일본 형사에게 체포되어 하압 경찰서 유치장에 구금되었다. 죄명은 요시찰인으로 일본 경찰의 감시를 받던 송몽규와 더불어 조선인 유학생을 모아놓고 조선의 독립과 민족문화의 수호를 선동했다는 것이었다.

윤동주는 다시 후쿠오카 형무소로 이송되어 징역살이를 하다가 29세인 1945년 2월 16일 형무소 안에서 짧은 생을 마쳤다. 송몽규도 며칠 뒤인 3월 7일 윤동주를 따라갔다. 이들의 의문사 뒤에는 생체실험의 의혹이 제기되고 있다.

윤동주의 아버지와 당숙은 감옥에서 윤동주의 시체를 인수해서 화장을 하고, 뼛가루를 작은 나무상자에 담아 명동 뒷산에 묻었다. 1945년 3월 6일 눈보라가 몹시 치던 날 윤동주의 장례가 치러졌다.

## 스승과 함께 기억되다

해방 후인 1948년 윤동주의 후배 정병욱은 여기저기 흩어져 있던 윤동주의 시 31편을 모아 유고 시집 『하늘과 바람과 별과 시』를 세상에 나오게 했다. 시집의 서문은 정지용 시인이 썼다.

청년 윤동주는 뼈가 강하였던 것이리라. 그렇기에 일적에게 살을 내던지고 뼈를 차지하였던 것이 아니었던가. 무시무시한 고독에서 죽었구나. 29세가 되도록 시도 발표해 본 적도 없이. 분명 윤동주가 부끄럽지 않고 슬프고 아름답기 한이 없는 시를 남기지 않았나. 시와 시인은 원래 이러한 것이다.

-정지용, 『하늘과 바람과 별과 시』 서문

교토 도시샤 대학에 있는 (왼)윤동주 시비와 (오)정지용 시비

 윤동주의 마지막 흔적을 찾아 일본 교토의 이마데가 역에 내렸다. 1번 출구로 나와 도시샤 대학으로 들어가니 고풍스러운 건물과 오래된 나무들이 학교의 역사를 말해주고 있었다.

 윤동주, 정지용 시비는 연못 옆 나무 아래 약간의 거리를 두고 나란히 있었다. 정지용은 윤동주의 도시샤 대학 선배이자 윤동주가 가장 존경했던 스승이었고, 중학 시절 윤동주의 책꽂이에 꽂혀 있던 『정지용 시집』은 윤동주가 가장 아끼던 시집이었다. 식민시대의 틀 속에 갇혀 살아야 했던 두 시인은 이제 일본 학생들에게 침략에 맞선 조선의 민족 시인으로 다시 기억되고 있었다.

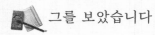 # 그를 보았습니다

간수의 발소리 아스라이 멀어져 가면
후쿠오카 형무소 차가운 바닥에 앉아
아득한 북간도의 밤하늘
별을 세는 청년이 있습니다

가까이 있어도 만날 수 없는
잃어버린 완고한 형이 그리운 날
기억의 풀밭으로 가는
야윈 청년이 있습니다

명동촌 외딴 우물 같은
녹이 낀 거울 꺼내
젊은 참회록을 쓰는
부끄러운 청년이 있습니다

여울이 소리쳐 흐르고
별을 노래하는 마음으로
깨어진 하늘거울 조각 모으는
외로운 청년이 있습니다

육첩방 창밖에 바람 불 때
위태로운 촛불 들고
마른나무 그림자 밟으며
달밤을 걷는 청년이 있습니다

왜바람에 흔들리고 흔들리다
가랑잎처럼 떨어져
내를 건너고 고개 넘어 별숲으로 가는
가난한 청년이 있습니다

결투를 부르다
## 푸시킨

Aleksandr Sergeevich Pushkin
(1799.6.6~1837.2.10)

러시아

**푸시킨의 흔적을 찾아서**
문학카페-푸시킨의 집

상트페테르부르크

## 북쪽의 베니스

넵스키 대로를 따라 걷다 보니 길 양편으로 성 이삭 성당, 그리스도 부활 성당, 카잔 성당 등 고전주의, 바로크, 모던 양식의 건축물들이 길을 따라 이어져 있었다. 마치 제정 러시아 시절 속으로 들어온 것 같았다.

유럽 순방을 다녀온 표트르 대제는 이 늪지대 위에 유럽 제국을 만들려고 근처에 오두막을 지어 기거하면서 유럽으로 열린 창을 냈다. 그의 야망은 결국 100개의 섬이 365개의 다리로 연결되어 '북쪽의 베니스'라고 불리는 아름다운 도시를 만들어냈다. 겨우 300년이 조금 넘는 도시는 이제 전 세계 사람들이 모여드는 명소로 자리잡은 듯했다.

넵스키 대로

## 피로 물든 역사

핀란드의 어부가

낡아빠진 어망을 던지던 곳

지금은 생기를 되찾은 기슭에

으리으리한 궁전이며 탑들이 빽빽이 들어서고

세계 곳곳에서 선박들이

이 풍요로운 항구를 향해 속속 모여든다

-「청동기마상」 중

푸시킨이 이 시에서 말한 으리으리한 궁전은 에르미타주 박물관
이다. 러시아 혁명 때 임시정부 요인들이 이 궁전에서 머물렀으며,

에르미타주 박물관 광장

박물관 광장은 1905년 '피의 일요일 사건'이 일어난 곳이다. 1905년 청원서를 들고 비폭력시위를 벌이는 시위대를 향해 발포하여 수많은 사상자를 낸 이 사건은 1917년 러시아 혁명의 도화선이 되었다. 혁명을 통해 몰락한 마지막 황제 니콜라이 2세는 시베리아로 유형되고 로마노프 왕조는 막을 내렸다. 그 뒤 이 도시는 제2차세계대전으로 히틀러의 침공을 받아 900일간의 레닌그라드 전투로 폐허가 되었으며 80만 명이 희생되는 격전지로 역사에 남았다.

## 청동기마상

에르미타주 박물관에서 조금 걸으니 네바강 근처 해군본부 옆에 있는 청동기마상이 보였다. 뒷발로 뱀을 밟고 앞발을 번쩍 든 말에 탄 표트르 대제가 유럽을 향해 당장이라도 달려갈 것만 같은 모습을 하

청동기마상

고 있었다. 쿠데타로 남편을 죽이고 왕위에 오른 예카테리나 2세가 자신이 표트르 대제의 후계자임을 알리기 위해 만든 것이다.

> 이곳에 도시가 세워지리라
> 자연은 우리에게
> 이곳에 유럽을 향한 창을 뚫고
> 해안에 굳센 발로 서라는 운명을 주었도다
>
> −「청동기마상」 중

푸시킨의 서사시 「청동기마상」은 이 청동기마상을 소재로 한 작품이며, 1824년의 대홍수를 배경으로 하고 있다. 바다 수면보다 낮은 곳에 건설된 이 도시는 건설 초기부터 홍수에 자주 시달렸다. 아름다움은 비극 속에서 피어난다고 했던가. 늪지대 위에 건설된 인위적인 이 도시에서 삶을 성찰하는 예술이 줄줄이 태어났다.

## 죽음을 부른 결투

카잔 성당 근처 모이카 운하 옆에 있는 문학카페를 찾아갔다. 200여 년 동안 상트페테르부르크에 살던 문인들이 자주 드나들던 곳이다. 입구로 들어가자마자 빨간 옷을 입은 푸시킨이 크랜베리 주스 한 잔을 시켜놓고 깊은 상념에 빠져 있었다. 카페 2층으로 올라가니 결투가 있기 전 그가 실제로 앉았던 자리가 따로 표시되어 있었다.

자리를 잡고 앉아 푸시킨이 마셨던 크랜베리 주스 한 잔을 주문했

문학카페에 앉아 있는 푸시킨 모형

다. 우리나라 사람들에게 잘 알려진 푸시킨의 시가 떠올랐다.

　　삶이 그대를 속일지라도
　　슬퍼하거나 노여워하지 말라
　　힘겨운 날도 참고 견디면
　　즐거운 날이 오리니

　　　　　　　　　　　–「삶이 그대를 속일지라도」 중

이 시가 쓰여진 때는 전제정치 반대자들의 모임인 데카브리스트

반란이 벌어진 해였다. 푸시킨의 몇 편의 시가 반제국주의 비밀결사의 팸플릿에 인용되는 바람에 푸시킨도 추방당했다.

데카브리스트 반란이 진압되었지만 푸시킨은 위험 인물로 지목되어 흑해의 항구 도시 오데사로 다시 이송되었다. 여기서 그는 『예브게니 오네긴』을 집필하기 시작했다. 9년에 걸쳐 완성한 총 5천5백 행으로 이루어진 시로 쓴 이 소설은 오만하고 자유분방한 귀족과 아름다운 사랑을 갈망하는 여인의 비극적 사랑을 그려내고 있다. 이 작품 덕분에 러시아 문학은 빠르게 성장할 수 있었다.

이 소설의 내용은 대략 이렇다. 러시아 지방에 사는 젊은 지주이자 시인인 렌스키는 이웃에 이사 온 귀족 신사 오네긴과 우정을 나눈다. 파티에서 오네긴이 렌스키의 연인 올가와 춤을 추자 렌스키는 명예를 지키기 위해 오네긴에게 장갑을 던져서 결투를 신청한다. 결투에서 오네긴이 먼저 방아쇠를 당겼고, 총에 맞은 렌스키는 눈밭에 쓰러진다.

푸시킨은 이 소설을 쓰면서 자신의 운명을 보았던 것일까. 그 역시 이 작품을 쓰고 6년 뒤 결투에서 총에 맞아 죽는다. 푸시킨은 모스크바 무도회에서 아내를 만나 다음 해에 청혼했으나 부모의 반대에 부딪혔다. 2년 후 다시 청혼해서 32세의 나이에 열여덟 살이나 어린 아름다운 아내를 맞아 4명의 아이를 낳았다. 하지만 사교계에 떠도는 아내에 대한 소문 때문에 괴로운 날들을 견뎌야 했다. 아내 나탈리야 곤차로바는 귀족 출신으로 황제 니콜라이 1세가 추파를 던질 만큼 미모가 뛰어났다. 황제는 궁정 행사에 그녀를 참석시키기 위해 푸시킨을 시종보로 임명하기도 했다.

푸시킨의 죽음을 부른 결투는 그의 아내와 네덜란드 출신 외교관 당테스와의 염문설 때문이었다. 푸시킨은 명예를 지키기 위해 당테스에게 결투를 신청했다. 당테스는 제한선에 닿기도 전에 먼저 총을 꺼내들어 쏘았고, 당테스의 총에 맞아 복부에 총상을 입은 푸시킨은 39세의 나이에 세상을 떠나고 말았다.

### 푸시킨의 집

문학카페 부근에 있는 푸시킨의 집을 찾았다. 푸시킨이 마지막을 보낸 이곳은 박물관으로 운영되고 있었다. 안으로 들어가자 서재에는 수많은 책들이 꽂혀 있었고, 아내의 초상화와 푸시킨의 마지막 모습이 담긴 액자가 벽에 걸려 있었다. 푸시킨과 당테스가 결투에서 사용했던 권총 두 자루도 보였다.

푸시킨은 결투로 쓰러져 썰매에 실려 이 집으로 실려 왔지만 아내에게 알리지 않고 서재에서 고통스럽게 누워 있다가 이틀 후 서재에 꽂힌 책들에게 "안녕, 친구들!"이라고 마지막 인사를 건네고 숨을 거두었다.

안녕 사랑의 편지여 안녕
그 사람이 이렇게 시킨 것이다
얼마나 오랜 시간
나는 주저하고 있었던가
얼마나 오랜 시간 나의 손은
모든 기쁨을 불에 맡기려고 맹세하였던가

하지만 이제 지긋지긋하다

시간이 찾아왔다

불타라, 사랑의 편지여

-「태워진 편지」 중

푸시킨은 사랑의 편지를 불태우고 하늘로 돌아갔다. 푸시킨의 장례식에는 2만 명의 인파가 몰렸다. 놀란 니콜라이 1세는 일반인의 장례식 참석을 금지하고 군대까지 보냈다. 황제가 푸시킨을 함정에 빠뜨려 죽게 한 것이라는 소문이 돌고 있었는데 이를 뒷받침하는 상황이 벌어졌다.

그렇지만 이제 푸시킨의 목숨을 건 사랑도 혹한의 기억도 네바강으로 모두 흘러갔다. 대신 강렬한 삶의 음악이 넵스키 대로를 타고 흘러 나오고 있었다.

푸시킨의 서재

영원한 사랑

내 무덤 속에서 사랑을 보았네

사랑은 마약 같은 것

변하지 않는 사랑은 없었네

철없이 오만했던 열정도

허영이란 이름을 가진 불안도

되돌리기엔 너무 늦었네

눈밭에 뿌려진 절망의 핏자국

두 마음 총알에 찢겨 겨울밤을 찔렀네

엇갈린 사랑도 무덤 위에 누웠네

죽음의 향기 맡으며

꽃들은 눈물 뒤에서 다투어 피네

내 노래 멀리 있지만

황금잔에 햇빛 받아

신이 내린 반지 입맞춤하며

영원한 사랑 맹세하네

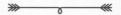

죄와 벌을 묻다
# 도스토옙스키

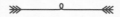

Fyodor Mikhailovichl Dostoevsky
(1821.11.11~1881.2.9)

러시아

**『죄와 벌』의 배경지를 찾아서**
센나야 광장–라스콜리니코프의 집
–코쿠슈킨 다리

상트페테르부르크

## 인간 근원을 묻다

거리는 지독하게 무더웠다. 게다가 후텁지근한 공기, 혼잡, 여기저기에 놓인 석회석, 목재와 벽돌, 먼지, 근교에 별장을 가지지 못한 페테르부르크 사람이라면 누구나 다 알고 있는 독특한 여름의 악취, 이 모든 것들이 한꺼번에 그렇지 않아도 혼란스러운 청년의 신경을 뒤흔들어 놓았다. 이 지역에 특히 많은 선술집에서 풍기는 역겨운 냄새와 대낮인데도 끊임없이 쏟아져 나오는 술 취한 사람들이 거리의 모습을 더욱 혐오스럽고 음울하게 만들고 있었다.

−『죄와 벌』중

센나야 광장

넵스키 대로를 따라가다 보니 센나야 광장을 만날 수 있었다. 도스토옙스키 소설 『죄와 벌』의 등장인물들은 대부분 이곳 근처에서 살았다. 하지만 소설 속 암울한 분위기와 달리 활력이 있었다. 당시 센나야의 좁은 골목 셋방에 살았던 도스토옙스키는 창밖의 사람들을 관찰해가면서 소설을 써내려갔다.

『죄와 벌』의 주인공 라스콜리니코프가 살던 집으로 추정되는 건물을 찾기 위해 그리보예도프 운하를 따라갔다. 관광객들로 넘쳐나는 넵스키 대로를 벗어나자 주변은 조용했다. 조금 걷다 보니 도스토옙스키 부조가 붙어 있는 건물이 보였다.

도스토옙스키는 늘 신문, 잡지들을 읽으며 현실에 귀를 기울였다. 19세기 러시아에는 라스콜리니코프처럼 가난하면서도 이상을 꿈꾸는 청춘들이 넘실거렸다. 라스콜리니코프는 몇 달째 방세가 밀려 있어 집주인과 부딪힐까봐 두려워하며 불안하게 살아가는 소심한 청년이다. 도스토옙스키는 주인공을 살인자로 몰고 가면서 무엇이 죄이고 무엇이 벌인지 물으며 인간 근원에 대한 의문을 풀어내고자 했다.

찌는 듯이 무더운 7월 초의 어느 날 해질 무렵, S골목의 하숙집에 살고 있는 한 청년이 자신의 작은 방에서 거리로 나와 왠지 망설이는 듯한 모습으로 K다리를 향해 천천히 발걸음을 옮기고 있었다.

−『죄와 벌』 중

그리보예도프 운하

『죄와 벌』은 첫 문장부터 긴장감이 흐른다. 집 앞으로 소설 속 K다리가 보였다. 이 다리의 실제 이름은 코쿠슈킨 다리인데 생각보다 길지 않았다. 전당포로 가는 라스콜리니코프를 상상하며 짧은 다리를 건넜다.

라스콜리니코프는 천정이 너무 낮아 고개를 들 수도 없는 방에서 끔찍한 단절감을 견디며 살고 있었다. 그가 답답했던 방을 나와 세상의 공기를 접했을 때 머릿속에 많은 생각이 교차했을 것이다. 페테르부르크의 빈민들은 벼랑에 내몰린 삶을 살고 있었다. 이들에게 정의는 공허한 메아리였고 라스콜리니코프 역시 이러한 속박에서 벗어나고 싶었을 것이다. 사악한 전당포 노파를 죽여 그 재산으로 가난한 사람들을 구원하겠다는 지식인의 교만에 사로잡힌 그는 결국 살인을 하고 말았다. 하지만 살인을 저지른 후 닥쳐온 불안과 타인에 대한 혐오감은 자신의 존재를 더욱 더 비참하게 만들었다. 그러다가 그는 우연히 만난 매춘부 소냐에게 죄를 고백하고 시베리아 유형길에 오른다. 그곳에서 강제노동과 공동생활을 하게 된 그는 자유의 참의미를 깨닫게 된다.

## 도스토옙스키 박물관

1호선 도스토옙스카야 역에서 5분 거리에 있는 도스토옙스키 박물관은 도스토옙스키가 죽기 전 2년 3개월 동안 살면서 『카라마조프가의 형제들』을 집필한 곳이다. 반지하로 들어가면 매표소가 있고 2층으로 올라가면 그가 살던 공간 중 일부를 전시실로 만들어 놓았다. 박물관에는 그의 저서 초판본과 가족사진, 그가 쓰던 물

라스콜리니코프의 집

코쿠슈킨 다리

건들이 전시되어 있었다.

 도스토옙스키는 어머니의 영향으로 러시아정교를 믿고 따르며 평생 동안 돈과 자유에 대해 고슴도치처럼 파고들었다. 그의 아버지는 자수성가한 군의관으로 근검절약이 몸에 밴 사람이었는데 그는 아버지와 반대되는 생각을 가지고 있었다. 아버지는 취직이 잘 되는 공병학교에 그를 넣었지만 그는 학교 공부에 관심이 없었다.

 사실 도스토옙스키는 돈 때문에 작가가 된 사람이다. 그는 항상 돈에 쪼달렸지만 돈이 생기면 남김없이 써버렸다. 낭비벽이 많아 공병 소위의 월급으로는 원하는 대로 살 수 없어서 돈을 더 많이 벌기 위해 소설을 쓰기 시작했다. 첫 장편소설 『가난한 사람들』은 그의 소원대로 베스트셀러가 되었다. 가난한 하급 관리와 아름다운 소녀의 연애를 다룬 서간체 소설인데 상대적 빈곤의 문제를 예리하

도스토옙스키 박물관 내부

게 다룬 작품이다. 이 소설 덕분에 돈을 많이 벌게 되었으나 이때부터 그는 선불을 받아쓰는 나쁜 습관을 갖게 되었다.

## 시베리아 유형 생활

당시 러시아는 전제정치 체제였기 때문에 대부분의 지식인은 반체제적 성향을 갖고 있었다. 도스토옙스키 역시 폭정에 반대하는 모임인 페트라셰프스키 서클에 참석하곤 했다. 그러던 어느 금요일 밤 그는 불온 문서를 낭송했는데 비밀 경찰이 보낸 스파이에게 들켜 이 서클 33인 모두가 체포되어 페트로파블롭스크 요새감옥 독방에 수감되었다.

그해 말 반란음모죄로 사형선고를 받게 되어 그는 사형장으로 끌려갔다. 총알이 날아가려는 찰나에 황제의 전령이 말을 타고 달려와서 형 집행 정지를 외친 후 선고문을 읽었다. 시베리아 옴스크에서 4년 징역에 5년 3개월간의 사병 생활을 하라는 명이 떨어진 것이다. 사실 황제는 처음부터 사형선고를 내릴 마음이 없었고 체제에 반대하는 사람들이 많아지자 본때를 보여주려고 꾸민 것이었다. 도스토옙스키는 그 충격 때문에 평생 간질 발작을 일으키게 되었다. 간신히 목숨을 건진 그는 5kg이나 되는 족쇄를 차고 한 달에 거쳐 시베리아 옴스크로 갔다.

시베리아에서 도스토옙스키는 다시 태어났다. 그는 이전의 낭만적인 공상적 사회주의 사상보다 자유, 신앙에 대한 생각을 더 많이 하게 되었다. 혹독한 유형 생활 중에 수감자들을 보면서 인간은 누구나 자유에 대한 욕구를 가지고 있으며, 돈은 이를 해결해 준다는

것도 알게 되었다. 『죽음의 집의 기록』은 이 시기에 겪은 경험을
쓴 작품이다.

## 도박에 빠지다

도스토옙스키는 4년간의 유형 생활을 마친 후 마리야와 결혼을 하
고 페테르부르크로 돌아왔다. 하지만 어려운 상황은 계속 되었다.
그의 아내는 폐결핵에 걸리고 형과 함께 준비했던 『시대』라는 잡
지도 강제 폐간되어 재정 상황이 좋지 않았다. 그러다가 수슬로바
라고 하는 열여덟 살이나 어린 작가지망생 여대생에게 빠져 그녀
를 만나기 위해 유럽으로 가던 중 독일 비스바덴의 도박장에 들렀
다가 운좋게 5천 프랑을 따게 되었다. 이 때문에 그는 약 10년 동
안 도박중독증 환자로 살게 되었다. 하지만 수슬로바와도 결국 헤
어져 그는 페테르부르크로 돌아왔다.

그 뒤 마리야가 병으로 죽고 빚에 허덕이고 있을 때 한 출판업자
가 접근해서 달콤한 제안을 했다. 선불을 주는 대신 장편소설 분량
의 원고를 써달라고 했다. 만약 기한 내에 제출하지 못하면 위약금
뿐 아니라 앞으로 쓸 소설의 저작권도 모두 넘겨야 한다는 대단히
불리한 계약서였지만 그는 계약서에 서명을 하고 돈을 받아 또 도
박을 했다. 그리고 소설은 쓰지 않았다.

## 백야의 빛

원고 마감일이 한 달 앞으로 다가오자 보다 못한 친구들이 속기
사를 구해주었다. 『도박꾼』이라는 소설은 이렇게 속기로 가장 빠

른 시간에 탄생된 소설이다. 당시 46세였던 도스토옙스키는 자신의 글을 받아 적고 정서를 해 준 21세의 속기사와 운명처럼 결혼까지 하게 되었다. 그에게 가장 편안하고 행복한 순간이 찾아왔고, 15년 동안 아내와 안정된 생활을 했다. 그 덕분에 『죄와 벌』, 『카라마조프의 형제들』등 위대한 작품들을 생산해 낼 수 있었다. 『백야』에서 이루지 못한 그의 사랑은 『카라마조프의 형제들』의 욕망을 거쳐 『죄와 벌』의 악마와 대적하여 결국은 자신까지 구원한 것이다. 그는 『카라마조프의 형제들』을 탈고하고 몇 달 후 60세의 나이로 세상을 떠나 알렉산드르 넵스키 수도원에 묻혔다.

> 아름다운 밤이었다. 우리가 젊을 때에만 만날 수 있는 그런 밤이었다. 친애하는 독자여! 그토록 별빛이 영롱하고 찬란한 밤하늘을 쳐다보면 저도 모르게 이렇게 자문하지 않을 수 없다. 이런 하늘 아래 정녕 각양각색의 변덕쟁이와 심술꾸러기가 존재할 수 있는 것일까.
>
> -『백야』중

도스토옙스키의 작품은 백야의 주체할 수 없는 빛을 만나면서부터 시작되었다. 그 빛은 그에게 끔찍한 단절감을 심어주었지만 극단의 유형지 시베리아의 꺼진 빛 속을 지나 그의 영혼은 백야 속에서 다시 해방되었다. 그걸 아는 듯 태양은 좀처럼 지평선 아래로 내려가지 않고 있었다.

백야

물러가지 않는 태양은
도시를 돌고 있었다
건물들이 거리로 뛰어오르자
도시는 벌떡 일어나 별장으로 떠나버렸다
폰탄카 다리 위를 서성이던 연인도
배신당한 사랑에 울던 고독한 몽상가도
연기처럼 사라졌다
우중충한 새벽 돌아오면
공상 속에 꽃피는 마술 같은 행복
검은 물안개 유영하던 벌거벗은 고슴도치
다시 돌아온 태양은
그를 돌고 있었다

밑바닥에서 일어서다
# 고리키

Maksim Gor'kii(1868.3.28~1936.6.18)

**러시아**

**고리키 박물관을 찾아서**
고리키 공원-고리키 박물관

모스크바

## 고리키 공원

 모스크바 시를 굽이쳐 흐르는 모스크바강에 유람선이 평화롭게 오가고, 강 한가운데는 러시아를 서구화시킨 표트르 대제가 군함을 타고 강물을 내려다보고 있었다. 강가에는 푸른 숲의 물결이 함께 흐르고 있었다. 모스크바의 공원 중 시민들에게 가장 많은 사랑을 받는 곳이 바로 고리키 공원이다. 시내 중심지에 위치해 있는 고리키 공원은 여름엔 시원한 물을 뿜어내는 분수가, 가을엔 낭만을 선사하는 단풍과 낙엽이, 한겨울엔 유럽 최대의 야외 스케이트장으로 사람들을 맞이한다.

 고리키는 핍박받고 가난에 시달리는 민중을 위한 사회주의 리얼리즘 문학을 남겼다. 지금의 평화로운 모습과 달리 고리키가 살았던 시대에는 도둑, 사기꾼, 알코올중독자 등 사회 밑바닥에서 어렵

모스크바강

게 생활하는 사람들로 넘쳐났다. 모두 하나같이 그곳을 벗어나고 싶어 했지만 현실의 벽을 넘기에는 너무도 무력했다. 그러한 민중들의 고통은 고스란히 고리키의 작품에 담겼다.

### 가난한 노동자

고리키는 러시아 볼가강 연안의 도시 니즈니 노브고로드에서 목수의 아들로 태어났다. 3세 때 아버지를 여의고 5세에 어머니가 재혼하면서 가족을 버리자 고리키는 외조부모의 손에서 자라게 되었다. 초등학교를 다니다 외할아버지의 파산으로 학업을 포기한 그는 공장 노동자, 접시닦이, 사환 등 온갖 일을 하며 생계를 이어나갔다.

12세가 되면서 각지를 방랑하며 떠돌던 고리키는 우연히 볼가강

고리키 공원

의 선박 식당에서 주방 일을 하게 되었는데 그곳에서 퇴직한 사관 출신의 요리사를 만났다. 책을 좋아하는 그와 같이 생활하면서 마르크시즘 철학서와 대문호들의 문학서들을 접하게 되었다.

그 뒤로 그는 타타르스탄의 수도 카잔에서 공부하며 진보적인 지식인들과 교류했다. 대학에 진학하려고도 했지만 힘든 노동 현실과 미래에 대한 좌절감으로 권총 자살을 시도하기도 했다. 그때 총알이 폐에 박혀서 그는 평생 폐질환을 앓고 살았다.

## 절망과 희망 사이

고리키는 5년 간 러시아 전역을 떠돌아다니면서 고통스럽게 살아가는 러시아 민중들의 모습을 마주하게 되었다. 첫 단편소설 『마카르 추드라』에 그 모습이 생생하게 담겨 있다. 그는 이 작품을 발표하면서 본명 알렉세이 막시모비치 페쉬코프 대신 러시아어로 최대를 뜻하는 '막심'과 맛이 쓰다는 의미의 '고리키'를 붙여 '가장 고통스러운 사람'이라는 뜻의 막심 고리키를 필명으로 쓰기 시작했다. 그 후 두 권의 단편모음집을 출판했고, 유럽 여러 나라들이 그를 주목하기 시작했다.

고리키는 1902년부터 1905년까지 모스크바 예술극장의 고정 작가로 활동했는데 희곡 『밑바닥에서』의 초연은 러시아 연극계의 주목을 받았다. 이 작품은 더럽고 지저분한 작은 지하 여인숙에 다양한 출신의 부랑자들이 뒤엉켜 살아가는 이야기를 그리고 있다. 사람들은 욕을 하고 싸우고 울며 하루하루를 살아가고 있는데 어느 날 정체를 알 수 없는 노인 루카가 나타난다. 루카는 이들의 암담한 현실에 희망을 불어넣는다. 죽음 이후 영혼의 휴식에 대해서도 이야기하며 지금의 고통을 인내하라고 일러준다. 그러던 어느 날 루카가 사라져 버리자 사람들은 절망에 빠진다. 그들이 현실을 깨닫자 처음보다더 큰 고통이 찾아왔고, 벗어날 수 없는 절망의 끝으로 내몰렸다. 사람들은 자신도 모르는 사이 내면에 피어난 희망의 싹을 끌어안고 지하 여인숙에 그대로 머물렀다. 반면 새로운 삶을 꿈꾸는 이들은 떠나갔다.

고리키는 19세기 후반 하층민의 생활을 사실 그대로 처절하게 그렸다. 밑바닥 인생들에겐 봄이 오고 꽃이 필지도 모른다는 희망의 위로가 필요하지만, 헛된 희망은 어느 순간 독이 될 수도 있다. 기다리던 봄이 오지 않을 때 인생은 더 피폐해질 뿐이라는 것을 그는 이 작품을 통해 보여 주었다.

연극을 본 사람들 중에는 희망이 없다는 사실에 실망을 하고 돌아가는 사람들도 있었지만 『밑바닥에서』는 지금도 전 세계에서 공연되고 있다. 그것은 이 작품이 삶이란 무엇인지에 대해 진지하게 묻고 있기 때문일 것이다.


## 혁명을 외치다

고리키가 신문에 정부를 비판하는 평론을 쓰자 경찰은 그를 감시하기 시작했다. 그러던 중 '피의 일요일 사건'이 터졌다. 황제와 노동자들의 유혈사태를 막기 위해 항의를 외치던 고리키는 체포되었다가 풀려난 후 미국으로 가서 혁명을 호소하는 일에 앞장섰다. 희곡 『적』과 장편소설 『어머니』는 그곳에서 탄생되었다. 『어머니』는 실제로 1902년 소르모브 공장에서 있었던 표트르 자로모프 모자 체포사건이 모티브가 되었다. 『어머니』는 노동자들을 포함한 많은 사람들에게서 공감을 얻어내는 동시에 러시아 문학의 전환점이 되었다. 우리나라에도 1980년대 대학가에서 의식 있는 청년들이 꼭 읽어야 할 책이었다.

"어제 그들은 여러분 모두에게 진리를 가져다주고 있다는 이유 때문에 재판을 받았습니다. 어제 나는 진리가 과연 무엇인가를 알게 되었습니다. 진리와는 어느 누구도 논쟁을 벌일 수가 없습니다. 그 어느 누구도! 빈곤과 굶주림, 그리고 질병, 이따위 것들이 바로 사람들이 죽어라 노동해서 얻은 대가입니다. 모든 게 다 우리를 못 잡아먹어 안달이어서, 우리는 매일매일 노동과 진흙구덩이, 그리고 사기 속에서 죽어가고 있는 것입니다. 반면 다른 사람들은 우리의 노동을 가지고 마음껏 즐기고 배불리 처먹으면서도 쇠사슬에 묶인 개처럼 우리를 무지 속에 묶어두고 있습니다. 우리는 사실 아는 것도 하나 없고, 언제나 벌벌 떨며 살아와 모든 걸 두려워하고 있습니다. 밤이 바로 우리의 삶이었습니다. 칠흑 같은 밤 말입니다."

-『어머니』 중

### 예술인의 쉼터

고리키 박물관으로 가기 위해 지하철을 탔다. 아르바츠카야 역에서 내려 도심 속 이리저리 뻗은 골목길을 비집고 10분쯤 걸어가니 잿빛 건물들과 다르게 사방이 초록으로 둘러싸인 집이 보였다. 고리키는 8년간의 망명 생활을 마치고 대사면으로 귀국해서 소비에트 정부에 대한 비판의 글을 계속 썼다. 그러자 고리키의 혁명 동지인 레닌은 폐결핵 치료의 명목으로 그를 다시 유럽으로 보냈다.

레닌이 죽자 스탈린은 고리키를 이용하기 위해 귀국을 허락했다. 고리키는 길었던 외국 생활을 접고 1928년 러시아로 돌아왔다. 스탈린은 고리키를 작가동맹위원장에 앉히고 고리키가 태어난 니즈니노브고로드를 고리키 시로 개명했다.

고리키는 정부가 내어준 이 집에서 생의 마지막 5년을 지냈다. 박물관으로 꾸며놓은 집의 2층으로 올라가니 고리키가 글을 쓰던 방과 침실이 나왔다. 고리키는 소련 작가로 활동하며, 정부의 눈 밖에 난 예술가들을 위해 힘썼다. 그의 집은 예술인들의 쉼터로, 삶에 대

고리키 박물관

고리키 박물관 내부

고리키가 사용했던 물건들

한 고뇌와 문학이 피어오르는 둥지로 거듭났다. 그러다 1934년 대숙청으로 소련 사회에 먹구름이 드리워지고, 고리키는 사실상의 가택연금 상태가 되었다. 1936년 고리키는 갑작스럽게 사망했다. 암살설도 있지만 분명하진 않다.

박물관을 나와 정원을 거닐었다. 더 나은 삶을 외치는 사람들에게 막심 고리키는 여전히 이렇게 말하고 있었다.

"인간은 희망으로 들뜬 불안한 삶을 원치 않습니다. 밤하늘의 별 아래 느릿느릿 흘러가는 조용한 삶이면 족합니다. 잠시 살다 갈 뿐인 사람들에게 실현 불가능한 희망을 불러일으키는 것은 그들을 뒤죽박죽으로 만드는 것입니다. 공산주의가 뭘 해줄 수 있겠습니까."

피리 부는 사나이

그는 피리를 불었다
신비로운 피리소리는 멀리 멀리 퍼져나갔다
동굴 속 사람들이 빼꼼히 고개를 내밀고
마을 거지들과 축축한 지하실 살아 있는 기계들은
사랑이라는 이름 아래 짓밟힌
꽃다운 처녀들을 흠모하기 시작했다
그는 다시 피리를 불었다
세찬 바람에도 훌쩍 커버린 옹이투성이 나무는
주머니에 들어 있는 것을 모두 꺼내
우울한 돌멩이에게 주었다
희망 없는 사람들에게 희망이 독이 되지 못하게
가난한 사람들에게 가진 자들이 위로를 건네지 못하게
세상 끝으로 가자고
그는 피리를 불며 걸어갔다

인생은 연극이다
## 셰익스피어

William Shakespeare
(1564.4.26~1616.4.23)

**셰익스피어의 고향을 찾아서**
셰익스피어 생가

아일랜드

영국

스트랫퍼드 어폰 에이븐

## 셰익스피어의 고향

런던에서 승용차로 약 2시간을 달려서 셰익스피어 탄생지 스트랫퍼드 어폰 에이븐에 도착했다. 마을에 들어서자 셰익스피어의 흔적을 찾고 싶어 하는 사람들로 붐볐다. 400년 이상의 역사를 가지고 있는 건물들이 대부분인 마을엔 셰익스피어 생가뿐 아니라 어머니, 아내, 사위, 손주 사위, 그리고 그가 말년에 생활한 집들까지 모두 있었다.

사람들이 많이 몰려 있는 셰익스피어 생가 입구에는 셰익스피어의 작품을 재연한 영화, 연극이 소개되어 있었다. 집 안으로 들어가니 16세기 중세 가정의 풍경이 펼쳐졌다. 식탁과 모형 음식들이 있는 부엌과 가죽 소품을 생산하던 아버지의 작업장도 재현해 놓고 있었다. 그의 아버지는 한때 사업이 번창했으나 셰익스피어가

스트랫퍼드 어폰 에이븐의 거리

셰익스피어 생가 입구

10대였을 때 양모 사업에 실패했다. 셰익스피어가 태어난 방은 2층에 있었다. 방에 들어가니 작은 침대와 요람이 보였다. 그는 런던에 가기 전까지 이곳에서 살았다.

### 8년의 공백기

셰익스피어는 18세에 여덟 살 연상의 앤 해서웨이와 결혼했다. 결혼 전 셰익스피어에게는 사귀고 있던 여자가 있었는데 그를 짝사랑하던 앤 해서웨이의 유혹에 빠져 혼전 임신을 시키고 말았다. 결국 셰익스피어는 첫사랑을 버리고 그녀와 결혼할 수밖에 없었다.

결혼 6개월 후 딸 수잔나가 태어났고, 2년 뒤에는 쌍둥이인 햄넷과 주디스가 태어났지만 셰익스피어는 그 사이 자주 집을 비웠다. 그러다가 약 8년간 사라져버렸다. 셰익스피어를 연구하는 학자들 대부분이 그가 이 기간 동안 첫사랑을 찾아다녔을 것이라고 추측하고 있다. 이 공백기가 셰익스피어의 인생과 작품에 큰 영향을 준 것으로 보인다. 셰익스피어는 자신의 잘못된 선택과 부인에 대한 증오심으로 방황했을 것이다. 그래서일까. 그의 유언장을 보면 아내에게 남기는 재산은 고작 '두 번째로 좋은 침대'뿐이었다.

셰익스피어는 아들 햄넷이 11세의 나이로 죽고 나서 고향에 돌아왔는데 4년 뒤 아버지마저 잃었다. 그로부터 몇 개월 후 『햄릿』이 완성되었다. 아들의 이름과도 비슷한 희곡 『햄릿』은 아버지와 아들의 입장에서 방황하는 셰익스피어의 인간적 갈등이 그대로 들어 있는 듯하다.

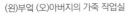
(왼)부엌 (오)아버지의 가죽 작업실

사느냐 죽느냐 이것이 문제로다!

어떤 쪽이 더 거룩한 것일까?

가혹한 운명의 화살을 받아도 참고 견딜 것인가?

아니면 밀려드는 재앙을 무기로 막아 싸워 없앨 것인가?

죽는다는 것은 잠드는 것일 뿐

-『햄릿』중

## 런던에서의 전성기

셰익스피어가 가족을 두고 런던으로 가게 된 이유에 대해서는 여러 가지 설이 있으나 모두 확실치 않다.

1587년 런던에 도착한 셰익스피어는 처음엔 극장 손님들의 말을 관리하는 일을 하다가 곧 배우가 되었고, 5년 뒤에는 극작가로서 당대 최고의 인기를 누렸다. 그 당시에는 유명 대학을 나온 희곡 작가로 주로 활동하고 있었기 때문에 교양과 라틴어가 부족한 셰익스피어를 배척하는 분위기였다. 하지만 그런 불리한 조건 속에서도 셰익스피어는 24년 동안 38편의 작품에 2만 개 이상의 단어를 구사했고, 그 중 2천 개는 그가 새로 만들어냈다고 한다. 오늘날 영어의 풍부한 표현력은 셰익스피어 덕분이다. 그래서 셰익스피어는 시대를 뛰어넘는 이름이 되었다.

1592년부터 1594년 여름까지 전염병이 돌아 런던의 극장들이 모두 폐쇄되었을 때 셰익스피어는 생활비 때문에 154편의 소네트를 썼다. 셰익스피어가 활동하던 시기는 이탈리아에서 들어온 소네트가 유행하던 시기였다. '작은 노래'라는 뜻의 소네트는 일정한 운율을 갖춘 14행시를 말하며 대부분 연애에 대해 다루고 있다. 그래서 셰익스피어의 소네트가 누구를 대상으로 한 것인가에 대한 논란이 많다. 120여 편이나 되는 시가 젊은 남성을 향한 흠모와 찬미의 내용을 담고 있어 셰익스피어는 동성애를 하고 있었던 것으로 보이기도 한다.

그렇지만 셰익스피어의 소네트는 기존의 전통에서 벗어나 삶을 통찰하는 안목이 돋보인다. 「소네트 18번」은 셰익스피어의 소네트 중에서도 우리나라 사람들에게 가장 많이 애송되고 있다.


그대를 한여름에 비할 수 있을까

그대는 여름보다 더 사랑스럽고 부드러운 것을

거친 바람이 5월의 꽃봉오리를 뒤흔들고

여름은 너무 짧아라

이따금 태양의 하늘은 너무 뜨겁고

가끔 그 황금빛 안색이 흐려지기도 하지

우연이든 자연의 변화든

모든 아름다움은 시들지만

그대의 영원한 여름은 사라지지 않으리

그대가 지닌 아름다움도 잃지 않으리

그대가 시간에 동화될 때 죽음 또한 뽐내지 못하리

이 영원한 시 안에서 그대로 영원하니까

사람이 숨 쉬고 눈으로 볼 수 있는 한

이 시는 오래도록 살아 그대에게 생명을 주리니

−「소네트 18번」

셰익스피어가 속한 극단은 템스강 건너 뱅크 사이드에 새로운 극장 '글로브'를 지었다. 글로브 극장의 개관 기념으로 『헨리5세』가 공연되었다. 이후에 셰익스피어의 작품들이 공연되고, 극단의 인기가 오르자 셰익스피어는 극단의 공동 주주가 되었다. 평균 1년에 세 번 정도 국왕 앞에서 연극을 공연했는데 인기뿐 아니라 수입도 늘어났다.

셰익스피어는 46세가 되던 해 은퇴를 하고 고향으로 돌아왔다. 3년 뒤 글로브 극장은 『헨리5세』 공연 중 쏜 대포알이 초가지붕에 맞는 바람에 삽시간에 극장 전체가 불바다가 되었다. 지금의 극장은 옛 모습 그대로 복원시킨 것이다.

### 베일에 싸인 죽음

셰익스피어가 잠들어 있는 성 트리니티 교회로 갔다. 셰익스피어의 무덤은 교회의 가장 안쪽 제단 앞에 안장되어 있었다. 묘비에는

"벗이여, 원하건대 여기 묻힌 것을 파지 말아다오. 이 묘석을 그대로 두는 자는 축복을 받고 나의 뼈를 옮기는 자는 저주받을지어다"라고 적혀 있었다. 사실 셰익스피어가 어떻게 죽었는지는 잘 알려져 있지 않다. 이 묘비명도 도굴 때문에 붙여둔 것이라고 한다. 과거에는 지금처럼 체계적인 기록 보존이 이루어지지 않았기 때문에 셰익스피어는 명성에 비해 자료가 거의 없다. 그는 여전히 수수께끼 같은 인물로 남아 있다. 대단한 배경이나 학력이 없는 사람이 그런 걸작을 써냈다는 사실을 믿기 어려운 사람들은 셰익스피어란 필명으로 다른 사람이 썼을 것이라고 주장하기도 한다.

셰익스피어가 사망하고 7년 뒤 오랜 친구인 동료들이 그의 희곡 가운데 18편을 모아 출간하여 오늘날 셰익스피어가 알려졌다. 실제로 셰익스피어의 희곡 가운데 순수한 창작물은 몇 편에 불과하다. 대부분이 당대에 널리 알려진 소설이나 희곡을 각색한 내용이었고, 때로는 남의 작품에서 특정 구절을 그대로 베낀 경우도 있었다. 그 당시에는 표절이나 모방도 많았기 때문이다.

셰익스피어를 위대하게 한 것은 그가 던진 화두를 계승하고 발전시켜온 후대 사람들의 노력도 분명 있을 것이다. 그래서 벤 존슨의 말대로 "셰익스피어는 한 시대에 속하지 않고, 시대를 초월해 존재하는 작가"인 것이다.

셰익스피어 생가

밤에 나온 태양

눈으로 보는 세상
눈꺼풀 크게 뜨고 보니
늙은 시간 젊게 하는
당신의 창문이 보인다
캄캄한 밤이 빛나지 않아도
영혼의 순례길 떠나니
세월은 하늘 뒤로 비껴나고
밤은 슬픔을 삼킨다
당신의 노래가 하늘 열어주면
사람과 풍경은 서로의 귀를 열고
마음은 바다와 육지를 뛰어넘어
낯선 그림자 박차고 오른다
당신의 언어가 대지 비추면
저녁은 황금빛으로 물들고
새롭게 다가서는 내일은
젊음으로 되살아난다

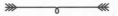

이방인으로 살다
# 제임스 조이스

James Joyce(1882.2.2~1941.1.13)

아일랜드

제임스 조이스의 흔적을 찾아서
어트 스트리트

아일랜드          영국

● 더블린

## 어트 스트리트

더블린에 오면 하루에 몇 번씩 오코넬 스트리트를 지나가게 된다. 아일랜드 내전 당시 더블린 전투가 치열하게 벌어졌던 곳으로 이 거리를 중심으로 중요 건물들이 늘어서 있기 때문이다. 이 거리 이름의 주인공 다니엘 오코넬은 아일랜드 민족주의자들의 지도자였다.

 거리를 걷다 보니 기네스가 자주 눈에 띄었다. 음식점, 기념품 가게 곳곳에서 볼 수 있는 기네스는 아일랜드 문화산업의 대표작이다. 더블린 시내에서 조금 떨어진 곳에 기네스 맥주공장이 있어 맥주공장 투어로 이곳을 찾는 사람들도 많다. 아일랜드 사람들은 유럽에서 가장 술을 잘 마신다고 하는데 아마 기네스 때문일지도 모른다. 더블린의 주택가를 걷다 보면 집집마다 현관문이 다른 색으로 칠해져 있는데 그 이유는 아일랜드 사람들이 워낙 술을 좋아해

더블린 주택가

서 만취하면 자꾸 남의 집에 들어가는 일이 많다 보니 제 집을 잘 찾기 위해서라는 얘기가 있을 정도다.

어트 스트리트 입구에 들어서니 지팡이를 짚고 다리를 꼬고 있는 동상이 있었다. 눈이 약간 일그러지고 마르고 왜소한 체격의 제임스 조이스였다. 동상 아래 사람들이 앉아서 쉬고 있었다. 동상 바로 뒤에 그가 자주 갔던 킬모어 카페도 보였다. 조이스를 이방인으로 내몰았던 더블린은 이제 그를 꽉 붙들고 보내지 않을 모양이었다.

### 거리를 배회하다

일자리를 잃고 술독에 빠진 아버지와 언제나 기도만 하는 어머니 사이에서 견디지 못한 조이스는 이 거리를 헤매고 다녔을 것이다. 그의 삶은 조국, 가족으로는 채워지지 않았다. 우등생인데다 글쓰

어트 스트리트에 있는 제임스 조이스 동상

기와 다른 나라의 언어를 습득하는데도 빨랐던 그였지만 학교가 끝나면 어머니가 기도하며 밀쳐낸 나쁜 것들을 만나고 다녔다. 사창가에서 여자를 만난 죄의식에 빠져 종교에도 매달려 보았지만 결국 그가 선택한 것은 문학이었다.

『젊은 예술가의 초상』은 주인공 스티븐이 청년기로 성장하는 과정을 담았는데 이것은 곧 조이스 자신의 초상이다.

스티븐은 클롱코즈 칼리지에 입학했지만, 경제적 이유로 중퇴하고 무료한 나날을 보내던 중에, 사랑이라기에는 옅은 애정을 아이린이란 소녀에게서 느낀다. 그리고 벨베디아 칼리지에 입학한다. 여기에서도 그의 고독하고도 거만한 성품 때문에 그는 친구들과 잘 어울리지 못한다. 그가 작문을 지었는데 "이 학생의 작문에는 이단 사상이 있다"는 교사의 말을 듣고 더욱더 정의감을 가져 테니슨보다는 바이런이 존경의 가치가 있다고 학생들에게 주장하기도 한다. 청춘의 흥분과 충동에서 이 16세의 소년은 창녀의 가슴에 안기게 된다. 그러나 곧 뉘우침이 찾아왔다. 무서운 지옥의 환상에 시달리고 나서, 드디어 죄를 고백하고 더욱더 청순한 금욕 생활로 들어갔다.

어느 날, 신부에게서 성직자가 되라는 말을 듣는다. 그러나 스티븐은 바다 가운데 한 소녀가 서 있는 모습을 본다. 그것은 강렬한 영감처럼 그의 마음을 감동시켜 그로 하여금 새로운 인생에로의 출발을 촉구한다. 그 새로운 인생은 "인간의 청춘과 미의 천사, 삶의 궁전에서의 아름다운 시절"로 돌아가는 것이다.

그리하여 스티븐 디덜러스는 예술 세계로 들어가기 위하여 종교에서의 탈출을 시작한다.

-『젊은 예술가의 초상』 중

## 척박한 땅, 아일랜드

오랫동안 영국의 지배를 받은 아일랜드는 한때 유럽에서 '하얀 깜둥이White Negro'로 멸시당했고, 척박한 땅에서 감자로 연명하며 기근에 허덕이던 나라였다. 1921년 아일랜드 독립을 위한 투쟁에서 아일랜드 사람들은 많은 피를 흘려야 했다. 1980년대 중반까지도 아일랜드는 서유럽에서 가장 낙후된 농촌국가였다. 거리에는 거지가 넘쳐났고 슬럼가는 사회의 골칫거리가 되었다. 그러나 2003년 아일랜드의 국민 소득은 영국을 추월했다. 더블린 중심가에 있는 도무

템플바 거리

지 이 도시와 어울리지 않는 뾰족한 탑이 그 기념으로 세워진 더블린 스파이어다. 121m의 이 탑은 아일랜드 사람들의 자부심이다.

그렇지만 아일랜드는 다른 유럽 국가에 비해 현대적인 발전을 이룬 것 같아 보이진 않았다. 리피강 남쪽의 오래된 템플바<sup>Temple Bar</sup> 지역만 레스토랑과 바, 브랜드 숍, 갤러리들이 모여 있어 사람들로 붐볐다.

## 더블린의 민낯

제임스 조이스는 3년간에 걸쳐 쓴 단편소설집 『더블린 사람들』 출간으로 세간의 주목을 받았다. 조이스가 더블린 이야기를 쓰자 당시 더블린 사람들은 분노했다. 그들은 자신들의 이야기가 아니라면서 고소장을 보냈고, 그는 출판업계의 위험 인물이 되었다. 설상가상으로 녹내장이 생겨 시력마저 나빠졌고, 딸도 정신분열증 판정을 받았다. 더블린은 조이스를 밀어냈고, 조이스는 모든 것을 접고 더블린을 떠날 수밖에 없었다.

조이스는 1915년 스위스 취리히로 떠난 뒤 죽을 때까지 아일랜드로 돌아오지 않았다. 그는 언어를 가르치는 일자리를 구해서 생계를 꾸려갔다. 조이스는 더블린을 벗어났지만 계속 더블린 이야기를 써내려갔다. 그의 마음은 식민 역사와 음주, 폭력, 가난, 섹스, 종교적 위선 등으로 얼룩진 조국 아일랜드를 떠날 수 없었던 것이다.

## 『율리시스』의 탄생

『율리시스』는 조이스가 1914년부터 쓰기 시작했는데 4년 뒤에야

더블린 스파이어

연재될 수 있었다. 하지만 1921년 미국 뉴욕에서 음란 출판물 판정을 받아 연재가 중단됐다. 미국에서는 1933년에 이르러서야 음란 출판물 판정이 해제되었고, 아일랜드에서는 1960년대가 되어서야 출간이 허용됐다.

그러던 어느 날 조이스는 프랑스 파리에 있는 셰익스피어&컴퍼니 서점 주인인 실비아 비치를 만나게 되었다. 그는 "이제는 율리시스가 세상에 빛을 볼 수 없게 되었다"고 그녀에게 말했다. 이전부터 제임스 조이스를 존경해 왔던 실비아 비치는 그 말을 듣고 그가 작품을 출간할 수 있도록 인쇄업자를 물색하고, 11개월간이나 그의 미완성 원고를 정리했다. 다행히 입소문을 타고 1,000부의 예약 주문이 들어왔다. 1922년 이런 노력 끝에 마침내 『율리시스』가 태어났다.

> 나는 이 작품 속에 너무나 많은 수수께끼와 퀴즈를 감춰 뒀기에, 앞으로 수세기 동안 대학 교수들은 내가 뜻하는 바를 거론하기에 분주할 것이다. 이것은 나 자신의 불멸을 보장하는 유일한 길이다.
>
> ―『율리시스』 중

조이스는 『율리시스』 서문에 이렇게 썼다. 이 책에 나오는 단어 중 2,000개는 조이스가 새로 만든 단어다. 『율리시스』는 레오폴드 블룸이라는 평범한 남자가 1904년 6월 16일 단 하루 동안 더블린에서 겪는 일을 다루고 있다. 블룸은 푸줏간에서 싱싱한 돼지콩팥을 사다가 아침식사를 준비하고 아내에게 차를 끓여다주는 중년의 샐러리맨으로 그려져 있다. 6월 16일은 제임스 조이스가 아내를 만나 사랑에 빠진 날이다. 그래서 그는 그날을 '꽃이 만발하는 날'이라고 불렀다. 이 책을 사랑하는 사람들은 6월 16일을 '블룸의 날 Bloomsday'이라 부르면서 돼지콩팥을 먹으며 축제를 즐긴다.

그래프턴 거리에 있는 데비 번스 Davy byrnes는 블룸이 소설 속에서 점심을 먹었던 곳인데, 실제로 조이스도 즐겨 찾았던 펍이다. 『율리시스』가 출간되자 이 펍의 매출이 크게 증가했다. 그러자 이곳 주인은 '데비 번스 아일랜드 창작상'을 제정해서 젊은 작가들을 후원해 오고 있다.

22세에 아일랜드를 떠난 그는 59세까지 외국에서 살다가 죽어서야 조국으로 돌아올 수 있었다. 『더블린 사람들』, 『젊은 예술가의 초상』, 『율리시스』 이 세 소설은 제임스 조이스가 겪었던 더블린 사람들의 실제 삶이 그대로 들어 있다. 그의 소설은 살아서는 인정받지 못했다. 하지만 이제 더블린은 제임스 조이스가 없으면 안 되는 도시가 되었다.

거부당한 꿈


리피강을 돌아나와
허무의 바다를 건너
오지 않는 내일을 기다리며
날카로운 펜촉을 준비한다


후박나무 사이로
비가 내리면
더블린의 순결은
파편되어 흩어진다


상처의 기억은
모세혈관 속으로
깊이 더 깊이 흘러
마침내 살갗을 찢고 일어선다

이별의 선물을 들고
세상을 돌아나와
지구 끝에 다시 서니
어머니가 부른다

눈은 편견의 칼에 베이고
다리는 방어에 망가져
잠시 나조차 잊고 살았는데
어머니는 여전히 나를 잊지 않았다

도덕을 비웃다
## 오스카 와일드

Oscar Wilde(1854.10.16~1900.11.30)

아일랜드

**오스카 와일드의 고향을 찾아서**
트리니티 대학-메리온 스퀘어 공원
-오스카 와일드 생가

아일랜드

영국

●
더블린

## 트리니티 대학

 더블린 시내에 있는 트리니티 대학 교정에는 학생들과 여행자들이 뒤섞여 거닐고 있었다. 이 학교는 엘리자베스 1세가 세운 아일랜드 최초이자 최고의 대학인데 유럽에서 처음으로 여성의 입학을 허용했다. 오스카 와일드는 이곳에서 고대 그리스 문학과 문화를 공부했다. 예이츠, 버나드 쇼, 조너선 스위프트, 사무엘 베케트도 이곳에서 대학을 다녔다.

 걷다 보니 도서관 건물 앞에 사람들이 길게 줄지어 서 있었다. 아일랜드의 국보 성경책인 켈스의 서<sup>The Book of Kells</sup>가 이곳에 보관되어 있기 때문이다. 중세시대의 수도원에서는 성경을 손으로 베꼈는데 1,200년 전에 만들어진 이 책은 게일 어와 그림으로 되어 있어 세계에서 가장 아름답게 장식된 복음서라 불린다. 이것을 보려면 줄

트리니티 대학

을 서서 입장권을 사야 했다.

도서관 내부로 들어가니 영화 <해리포터>의 촬영지로 유명한 롱룸에 높은 참나무 책꽂이들 사이로 오래된 책들이 빽빽하게 꽂혀 있었다. 이집트 시대 파피루스로 만들어진 책도 있다고 한다. 과거의 지식과 지혜가 모두 모여 있으니 이곳에서 노벨문학상 수상자가 많이 나올 수밖에 없다는 생각이 들었다.

와일드는 대학을 졸업하고 작가 생활을 시작하면서 시집과 동화집을 출간했다. 그는 아이와 같은 마음을 지닌 18세에서 80세까지의 사람들을 위해 동화책을 썼다고 말했는데, 우리나라에서는 그의 동화 중 「행복한 왕자」가 어린이를 위한 동화로 많이 읽히고 있다.

트리니티 대학 도서관

## 발가벗긴 욕망

더블린은 크지 않은 도시라서 걸어 다니기 좋았다. 길을 걸으면서 오스카 와일드라는 인물이 주는 매력과 환멸은 무엇일까 생각해 보았다. 사실 외모지상주의를 실천하고 예술의 한계가 어디까지인지 몸소 보여준 작가는 별로 없다. 세상에 맞설 용기 없이는 안 되는 일이기 때문이다. 그는 의사인 아버지와 시인인 어머니를 둔 유복한 집안에서 자랐지만 그 안에 웅크리고 있던 자신이 꿈꾸는 삶을 살아보고 싶었던 것 같다.

트리니티 대학에서 메리온 스퀘어 공원까지는 멀지 않았다. 공원 풀밭에 앉아 있는 사람들의 모습은 소박하면서도 정겨웠다. 공원 구경을 해가면서 오스카 와일드 동상을 찾아보았다. 여느 동상과는 달리 바위에 반쯤 누운 자세로 거만하게 앉아 있는 오스카 와일드의 동상이 눈에 띄었다. 동상이 있는 곳 길 건너편에는 그가 살던 집이 보였다. 그는 바위에 앉아 조롱하듯 그 집을 바라보고 있었다.

와일드는 평소에 길게 기른 머리에 알록달록한 옷을 입고 단추에는 초록색 꽃을 꽂고 다녔다. 그는 뛰어난 말솜씨로 새로운 세상을 꿈꾸는 서구의 젊은이들을 사로잡았다. 그는 엄격한 도덕주의 시대와는 도저히 맞지 않는 인물이었다. 그는 아내를 사랑했지만 어느 날 아내가 임신한 모습을 보고 충격을 받아 동성연애의 길로 접어들었다고 할 만큼 아름다움을 찬미했다. 와일드 동상 앞쪽에 임신한 아내 동상을 세워 놓은 것도 그런 이유인 것 같았다. 그 옆의

메리온 스퀘어 공원

남성 토르소 아래에는 "삶은 복잡하지 않다. 우리가 복잡할 뿐, 삶은 단순하고 단순한 것이 옳은 것이다" 등의 그가 남긴 명언들이 적혀 있었다.

### 영혼과 맞바꾼 젊음

1887년 오스카 와일드는 캐나다 화가에게 자신의 초상화를 의뢰했는데 완성된 작품을 보고 문득 초상화는 늙지 않는데 자신은 늙어갈 것이라는 생각에 빠져들었다. 이 생각 때문에 그는 『도리안 그레이의 초상』이라는 소설을 쓰기 시작했다.

오스카 와일드 생가

 이 소설의 이야기는 대략 이렇다. 주인공인 금발 청년 도리안은 어느 누가 봐도 홀딱 반할 만한 외모였지만 스스로는 그 사실을 몰랐다. 화가인 친구가 자신의 초상화를 그려서 보여주자 도리안의 두 뺨은 환희로 붉게 물들었다. 하지만 기쁨의 순간은 오래가지 않았다. 도리안의 마음 깊숙한 곳에 똬리를 틀고 있던 영원한 아름다움에 대한 욕망이 스멀스멀 피어올랐다. 도리안은 생각했다.
 '나는 점점 늙고 추해질 것이다. 저 초상화가 나 대신 나이를 먹는다면 얼마나 좋을까! 그렇게만 할 수 있다면 내 영혼이라도 바칠 수 있을 텐데……'

결국 자신의 영혼과 초상화를 맞바꾼 도리안은 젊음을 유지하고 초상화는 늙어갔다. 하지만 그는 추해져 가는 초상화를 보자 내적 고뇌에 빠졌다. 18년이 지났지만 20대 초반의 모습을 그대로 간직하고 있는 자신의 모습이 낯설게 느껴졌던 것이다. 결국 그는 자신을 그려준 친구까지 살해하며 파멸의 길로 내닫는다. 도리안은 이 모든 것이 초상화 때문이라고 생각하고 칼로 그림 속의 자신을 찌른다. 비명이 울려퍼지고 놀라서 달려온 하인들은 칼에 찔린 늙고 추악한 시체를 발견한다. 벽에는 젊고 아름다운 도리안 그레이의 모습을 담은 초상화가 걸려 있었다.

와일드의 명성은 장편소설 『도리안 그레이의 초상』이 출간되면서 올라가기 시작했다. 이 소설 서문을 통해 와일드는 예술지상주의를 선언했다.

도덕적인 책이나 부도덕한 책은 없으며 잘쓴 책, 잘쓰지 못한 책 두 가지로 나눌 뿐이다. 모든 예술은 표면적이면서 동시에 상징적이다. 표면을 파고들려는 사람은 위험을 무릅써야 한다. 상징을 읽어내려는 사람도 위험을 무릅써야 한다. 예술이 진정으로 보여주고 싶은 것은 관객이지 삶 그 자체가 아니다. 하나의 예술작품을 두고 해석이 분분한 것은 그 작품이 새롭고 복잡하며 살아 있는 작품이라는 뜻이다. 모든 예술은 진정 쓸모가 없다.

－『도리안 그레이의 초상』 중

## 공개적인 동성애

이즈음 그는 더글러스라는 열여섯 살이나 어린 남자를 만나 연인이 되었다. 3년 동안 이어진 그들의 관계는 와일드의 삶을 완전히 파괴시켰다. 더글러스는 과격한 성격에 낭비벽이 있었고, 와일드에게 집착했다. 더글러스는 귀족 가문이었는데 그의 아버지는 아들과 와일드를 떼어놓기 위해 와일드를 공개적으로 비방하고 다녔다. 와일드는 더글러스의 아버지에게 소송을 걸었으나 남성과 외설행위를 했다는 죄목으로 와일드는 2년간의 강제노역 형을 선고받았다. 그가 유죄선고를 받자 런던의 극장과 서점가에서 오스카 와일드라는 이름은 찾아볼 수 없게 되었다.

와일드가 영국 귀족사회를 건드려 감옥에 간 것은 어쩌면 당연한 귀결일는지도 모른다. 오스카 와일드는 동성애도 떳떳한 사랑이라고 주장했지만 당시 귀족사회는 이를 받아들일 수 없었다. 레딩 감옥에 투옥되어 노역을 하던 그는 사형수를 보고 아래와 같은 시를 썼다.


우리는 모두 혀가 말라붙은 채 기다렸네
여덟 시 종이 치기를
한 사람의 파멸을 알리는 종이 울릴 시작을
가장 선한 자, 가장 악한 자
그들을 위해 운명은 준비해 두었네
단숨에 죄어지는 올가미를

-『레딩 감옥의 노래』 중

## 묘지 위의 키스

감옥에서 나온 와일드는 영국에서 추방되어 파리로 건너갔다. 그곳에서도 그는 호텔 방을 두 개나 빌렸다. 쉬는 곳과 글쓰는 곳을 구분해서 사용했던 것 같다. 하지만 감옥 안에서 겪은 후유증 때문인지 그는 일 년 간의 숙박료를 지급하지 못한 채 3년 후 숨을 거두었다.

와일드는 파리의 페르 라세즈 공동묘지에 잠들어 있다. 이 묘지에는 많은 예술가들이 묻혀 있는데 그중에서도 오스카 와일드의 묘지는 유독 눈에 띈다. 누군가 그의 묘비에 립스틱 자국을 남기기 시작한 이후로 많은 이들이 빨간 키스 자국으로 그의 묘비명을 장식했다. 현재는 무덤을 보호하는 장벽까지 쳐놓았다.

오스카 와일드는 삶이라는 무대에서 빼어난 외모와 언어로 자신이 원하는 연기를 펼쳤다. 그는 시궁창 속에서 별을 보았을까.

# 젊은 그대에게

자연은 그대 모습에 주름을 새기고
시대는 그대 영혼에 상처를 새기니
영혼을 잃고 얻은 젊음의 열매
아낌없이 주어라
가장 높은 자에게는 많이 주고
가장 낮은 자에게는 전부를 주어라
세상의 아름다움 모두 써봐도
그대 신선한 피를 대신할 순 없으니

낙엽이 뿌리에 떨어지는 가을엔
아름다운 그대 자리 비워야 하니
시간에 묶인 부패의 몸뚱어리
아낌없이 내주어라
가장 멀리 사라지게 하고
가장 먼 계절에게 내주어라
파멸을 걱정하는 마음의 감옥도
그대 영원한 마음 대신할 순 없으니

섬을 꿈꾸다
## 예이츠

William Butler Yeats
(1865.6.13~1939.1.28)

아일랜드

**예이츠의 고향을 찾아서**
예이츠 기념관–이니스프리 섬
드럼클리프 교회

슬라이고

아일랜드

영국

슬라이고 가는 길

## 슬라이고 가는 길

예이츠가 가장 사랑했던 고향 슬라이고 지방에 전해져 오는 신화나 전설은 예이츠의 작품과 사상에 많은 영향을 주었다.

슬라이고로 가는 동안 차창 밖으로 전형적인 아일랜드 풍광이 스쳐지나갔다. 실제 몸으로 만난 아일랜드는 결코 관념적으로 말하는 아름다운 땅이 아니었다. 아일랜드에 많은 노벨문학상 수상자가 나온 것은 이 땅을 지켜낸 역사와 사람들이 있었기 때문일 것이다. 지구의 가장 끝 섬인 아일랜드는 비가 오면 언제나 무지개가 뜬다. 더블린에서 골웨이를 거쳐 북쪽으로 차를 타고 오는 도중에 몇 번의 무지개를 만났다. 눈앞에서 선명하게 펼쳐지는 무지개를 그렇게 자주 본 적은 없었다.

아일랜드 풍광

## 예이츠 기념관

 슬라이고에 접어드니 예이츠의 얼굴이 곳곳에 보였다. 슬라이고를 방문하는 여행자는 거의 예이츠를 찾는 사람들이다. 예이츠 10경도 있어 여행자들은 작품의 배경이 되는 곳을 따라가 볼 수도 있다. 가르보게 강가에 서 있는 예이츠 기념관에는 그와 관련된 것들을 모아서 전시하고 있었다.

 예이츠의 어머니는 슬라이고 대지주의 딸로 그 가문의 땅을 밟지 않고서는 슬라이고에 진입할 수 없다는 일화가 있을 정도였다. 그러나 변호사였던 아버지가 일을 그만두고 화가의 길을 걷기 시작하자 집안은 기울어져 갔고, 생활고를 견딜 수 없었던 어머니는 그녀의 고향에 돌아가길 원했다. 하지만 아버지는 다른 곳으로 꿈을 쫓아 갔고, 예이츠는 어머니, 동생들과 함께 슬라이고에 와서 살았

예이츠 기념관

예이츠 동상

다. 그는 이곳에서 자연과 더불어 살면서 예술적 감성을 길렀다.

기념관을 나오니 길 건너편에 가늘고 길쭉한 다리를 가진 예이츠의 동상이 보였다. 예이츠는 "진정한 민족성 없이 문학은 없고 진정한 문학 없이는 민족성도 없다"고 했다. 그는 아일랜드에 거주했던 켈트 족의 언어인 게일 어를 되살리고 과거의 문화유산을 복원하는 아일랜드 문예부흥운동의 지도자로 오랫동안 활동했다.

## 환상의 섬, 이니스프리

차로 달려 이니스프리에 도착했다. 예이츠가 그의 시에서 '이니스프리'라고 부른 섬은 슬라이고 근처에 있는 질 호수 섬Lough Gill이다. 예이츠는 25세 때 어릴 적 살던 고향을 그리워하며 런던 거리를 걷다가 어디선가 들려오는 물소리를 듣고 이 호수가 떠올라 「이니스프리」라는 시를 쓰게 되었다고 했다. 이니스프리는 예이츠가 평생을 그리워했던 섬이다. 그만큼 도시의 삶이 팍팍했던 것일까.

예쁜 섬일 거라고 상상했는데 이니스프리는 보잘것없는 작은 호수 섬일 뿐이었다. 예이츠는 이 작은 섬에 자신이 꿈꾸는 모든 것을 투영했다.


나 일어나 이제 가리, 이니스프리로 가리

거기 윗가지 엮어 진흙 바른 작은 오두막 짓고

아홉 이랑 콩밭과 꿀벌통 하나

벌 윙윙대는 숲속에 나 혼자 살으리

거기서 얼마쯤 평화를 맛보리

평화는 천천히 내리는 것

아침의 베일로부터 귀뚜라미 우는 곳에 이르기까지

한밤엔 온통 반짝이는 빛

한낮엔 보랏빛 환한 기색

저녁엔 홍방울새의 날개 소리 가득한 그곳


나 일어나 이제 가리, 밤이나 낮이나

호숫가에 철썩이는 낮은 물결 소리 들리나니

한길 위에 서 있을 때나 회색 포도 위에 서 있을 때면

내 마음 깊숙이 그 물결 소리 들리네

―「이니스프리」

이니스프리 섬

## 평생의 짝사랑, 모드 곤

예이츠는 더블린과 런던 사이를 왔다갔다 하다가 다른 시인들과 시인 클럽을 만들었고, 이 모임에서 모드 곤이라는 여성을 만났다. 그녀는 아일랜드의 독립운동가였는데 아일랜드에 대한 사랑이 대단했다. 예이츠가 민족주의적 성향을 띤 작품을 쓴 배경에는 그녀의 영향이 컸다. 예이츠는 그녀의 마음에 들 만한 시를 쓰려고 애썼다. 하지만 아일랜드를 독립시켜야 한다는 사명감에 불타 있는 그녀에게 사랑을 건네기는 어려웠다. 예이츠는 그녀를 10년 동안이나 따라다녔다. 용기를 내어 그녀에게 청혼을 했지만 그녀는 예이츠에게 존경은 하지만 사랑은 하지 않는다며 거절했다. 예이츠는 크게 절망했다. 그런데 4년 뒤 그녀가 아일랜드의 독립을 위해 헌신하던 장교와 결혼했다. 하지만 그녀의 남편은 결혼 13년 만에 부활절 봉기에 참여했다가 영국군에 잡혀 사형을 당했다. 예이츠는 모드 곤에게 다시 청혼을 했으나 또 거절당했다. 예이츠는 30년 동안이나 그녀를 짝사랑했는데 그 사랑은 예이츠의 시에 큰 영향을 주었다.

## 말년의 선물

예이츠는 53세가 되어서야 다른 여성을 만나 결혼을 하게 되었다. 아무렇게나 한 것 같은 결혼 같지만 예이츠는 안정된 생활을 할 수 있었다. 딸과 아들을 낳고 상원의원에 당선되기도 했으며 문학박사 학위도 취득했다. 그리고 노벨문학상까지 수상하게 되었다. 오랜 사랑의 고통에 대한 대가로 받은 말년의 선물이었다.

예이츠가 아름답다고 했던 벤불빈 산 아래 있는 드럼클리프 교회에 도착했다. 예이츠는 자신의 유언대로 이곳 공동묘지에 묻혔다. 교회 주차장에 있는 예이츠 동상 아래에는 그의 시 「하늘의 천」이 새겨져 있었다.

> 내게 금빛과 은빛으로 짠
> 하늘의 천이 있다면
> 어두움과 빛과 어스름으로 수놓은
> 푸르고 희미하고 어두운 색의 옷감이 있다면
> 그 천을 그대 발밑에 깔아드리련만
> 나는 가난하여 가진 것은 꿈밖에 없으니
> 그대 꿈을 그대 발밑에 깔아드리오니
> 사뿐히 즈려밟고 가시옵소서, 그대가 밟는 것은 내 꿈이기에
>
> —「하늘의 천」

김소월은 「진달래꽃」을 쓰면서 먼 나라에서 들려오는 예이츠의 음성을 들었는지도 모른다. 사랑의 부재에서 오는 고통을 예이츠는 시라는 항아리에 담아서 국경 넘어 전했다. 그의 조국에 대한 사랑도 그런 것 아니었을까.

무덤 글귀에서 예이츠가 어떤 정신으로 살았는지 엿볼 수 있었다. "삶과 죽음에 차가운 눈길을 던져라. 말 탄 자여, 그냥 지나쳐 가라."

예이츠 묘

부러진 나무

내 뜨거운 심장 부수어
당신의 날카로운 피에 붓습니다
그 피에 스며 있는
내 가엾은 죽음은
아침마다 눈을 뜹니다
불쌍한 조국과 성급한 사내들이
당신 앞에 무릎 꿇었지만
무관심한 별빛 아래
나는 몇 번이나 죽고
몇 번이나 당신을 묻었습니다

나는 무엇이 내 심장을
다시 뛰게 하는지 압니다
달려오는 내 슬픈 계절에
떨어지는 낙엽 되겠지만
높은 가지에 매달린 꿈같은 시간꽃
희미한 햇살 한 줌에도 피어납니다
내가 아는 것만큼
당신은 나를 떠나갔으니
당신이 나를 잊기 전에
우리 서둘러 헤어집시다

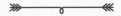

희망을 건지다
# 빅토르 위고

Victor-Marie Hugo
(1802.2.26~1885.5.22)

**빅토르 위고의 소설 속 배경지를 찾아서**
하수구 박물관-노트르담 성당

프랑스

파리

## 파리의 하수도

에펠탑이 보이는 센강 알마 다리 옆 좁은 계단으로 내려갔다. 지하로 들어서자마자 지상에서 볼 수 없었던 풍경이 펼쳐졌다.

> 파리에는 땅 밑에 또 하나의 파리, 즉 하수도의 파리가 있다.
> 거기에는 거리가 있고, 건널목도, 광장도, 그리고 막다른 골목
> 도 있다.
>
> ―『레 미제라블』 중

빅토르 위고의 소설 『레 미제라블』의 주인공 장발장은 빵을 훔쳐 19년 동안 감옥살이를 하고 출옥한 뒤 미리엘 주교의 은총으로 자비를 실천하는 사람으로 바뀐다. 이름을 바꾸고 가난한 사람들을 도우며 존경받는 시장까지 된 그는 엉뚱한 사람이 장발장이라는 누명을 쓰고 체포되자 모든 것을 버리고 자수하며 감옥에 갇힌다. 그러다 한 여공과의 약속 때문에 탈옥하여 여공의 딸 코제트를 데리고 파리로 도망친다. 장발장은 코제트의 연인 마리우스가 혁명군에 가담했다가 큰 부상을 입은 것을 알고 마리우스를 업고 이곳 지하로 피신한다. 추격해 오는 자베르 경감을 피하여 더러운 시궁창 속을 헤매다가 집으로 돌아온다. 이 하수도를 통과하면서 『레 미제라블』의 불쌍한 사람들 모두가 용서를 실천하는 인물로 거듭난다. 빅토르 위고는 역사는 하수를 통과하며, 도시의 양심은 하수도에 있다고 믿었다.

하수구 박물관은 파리 7구 레지스탕스 광장 지하 500m 지점에 있

파리의 하수도

다. 이곳은 제2차세계대전 당시 파리가 독일군에 점령당했을 때 레지스탕스가 독일에 항전하기 위해 주요 활동 지역으로 삼았던 곳이기도 하다. 파리의 하수도는 지상처럼 주소가 매겨져 있다. 안으로 들어가자 500여 년의 하수도 역사와 구조, 하수구 청소법, 귀중품이 맨홀에 빠졌을 때 찾는 방법 등을 알려주고 있었다. 건물의 배수 구멍을 보면 누구 집이 막혔는지도 단번에 알 수 있다고 한다. 하수관을 통해 모인 물은 하수종말처리장으로 보내 깨끗한 80%의 물은 센강으로 흘려보내고, 나머지 20%의 물은 파리 시내를 청소할 때 이용한다고 한다. 그래서 파리에서는 센강이 범람하지 않는 한 홍수가 없는 것이다.

이처럼 빈틈없고 체계적인 파리의 지하세계는 빅토르 위고에게 훌륭한 작품 배경이 되어 주었다. 30년간의 구상 끝에 반평생에 걸쳐 완성한 소설 『레 미제라블』에는 왕도 없고 국경도 없는 진정한 휴머니티 사회를 이루고자 한 그의 바람이 고스란히 녹아 있다.

## 위고의 여인들

위고의 아버지는 나폴레옹 휘하의 장군이어서 한 곳에 오래 머물지 못했다. 아버지와 어머니는 사이가 좋지 않아 각자 연인을 두고 살았다. 둘은 정치사상도 달랐다. 위고는 처음에는 어머니의 영향으로 왕당파를 옹호했다. 사랑을 충분히 받지 못해서였는지 위고는 어릴 때부터 알고 지내던 아델 푸셰와 20세의 나이에 결혼했다. 아델은 아이를 넷이나 낳고 아내로서의 자리를 잘 지켰지만 위고는 수많은 여인들과 염문을 뿌리고 다녔다. 그러다 간통 혐의로 경찰에 체포되어 수감되기도 했다. 쥘리에트라는 여배우와는 오랜 불륜 관계를 유지했는데 그녀는 『레 미제라블』 원고를 정서하고 망명지까지 따라가면서 그를 돌봐주었다.

## 노트르담 성당

파리 지하세계는 지하철이 구석구석까지 뻗어 있어 파리 시내 어디든 갈 수 있다. 지하철을 타고 파리의 중심 노트르담 성당으로 갔다. 이곳은 프랑스혁명으로 엉망이 되어 버렸던 적이 있었는데 나폴레옹 1세가 황제 대관식을 올리고 위고가 소설 『노트르담 드

파리』를 출간하면서 회생되었다.

중세에는, 하나의 건물이 완전한 경우에는, 땅속에도 바깥과 거의 같은 정도의 건물이 있었다. 노트르담처럼 말뚝 위에 세워져 있지 않다면, 궁궐이나 요새나 성당은 으레 이중의 토대가 있기 마련이었다. 대성당에는 밤낮으로 파이프 오르간과 종소리가 울리고 불빛으로 넘쳐흐르는 지상의 홀 아래에 낮고 캄캄하고 신비롭고 빛 없고 소리 없는, 말하자면 또 하나의 지하 대성당이 있었다. 궁궐이나 성에는 감옥이 있었고 때로는 분묘가 있었으며, 또 때로는 그 두 가지가 다 있었다.

-『노트르담 드 파리』중

위고는 오랜 역사를 품고 있는 이 건축물에 주목했다. 성 유물이 보존되어 있고 수많은 상징과 기호로 장식된 노트르담 성당은 그에겐 그냥 건축물이 아니었다. 그는 어느 날 성당을 둘러보다가 성벽에 새겨진 'ANArKH아나크'라는 글자를 발견했다. 라틴 어로 '가혹한 운명'이라는 뜻이었다. 그는 머릿속으로 가혹한 운명의 주인공들을 떠올렸다. 그렇게 탄생된 주인공들은『노트르담 드 파리』에서 살아 움직였다. 노트르담의 어둡고 구석진 곳에 있던 곱추 카지모도는 집시 여자 에스메랄다와 숙명처럼 만난다.

위고는 이때 정치 활동을 하고 있어서 작품 구상만 해놓고 쓰지 못하고 있다가 출판사로부터 독촉을 받고 글을 쓰기 시작했다. 그는 5개월 반 동안『노트르담 드 파리』집필에만 몰두했다. 아름다운 노트르담 성당 뒤편에서 벌어지는 어두운 지하감옥 속을 들여다 보았던 위고는 휴머니즘 정신을 작품 속에 불어넣었다.

초기에 희곡으로 명성을 얻었던 위고는 29세에『노트르담 드 파리』를 발표하여 더욱 유명해졌다. 이후 그는 나폴레옹 3세가 쿠데타로 제정을 수립하려 하자 이에 반대하다가 19년 동안 망명 생활을 했다.『레 미제라블』은 이때부터 쓰여지기 시작했고 61세가 되던 해 망명지에서 이 소설을 발표했다.『레 미제라블』은 출간되자마자 프랑스 뿐 아니라 외국에서도 앞다투어 번역되었다.

## 빅토르 위고의 집

르네상스식 건축물로 둘러싸인 보주 공원으로 발걸음을 옮겼다. 너른 잔디 광장으로 들어가는 입구에 클래식 연주가들이 공연을 펼치고 있었다. 이 보주 공원의 6번지 대저택 2층에 그가 16년 동안 살았던 집이 있었다. 많은 예술가들이 이 집을 들락거렸다. 위고는 여성 손님들은 작은 비밀계단에서 맞이했다. 안으로 들어가자 빅토르 위고의 인생을 담은 총 7개의 방이 공개되어 있었다. 초상화, 문서, 삽화 등 그가 생전에 사용했던 물건들이 보였다.

빅토르 위고는 83세에 "검은 빛이 보인다"는 마지막 말을 남기고 세상을 떠났다. 그의 장례식은 국장으로 치러졌고 개선문 밑에 임시로 마련된 시신 안치소에 2백만 명의 인파가 모였다. 프랑스에서 왕이나 대통령이 아닌 인물이 국장으로 거행된 건 빅토르 위고

보주 공원

가 유일했다. 그리고 시신이 영구 안장되는 팡테옹까지 시민들의 장례행렬이 뒤따랐다. 나라를 빛낸 위인들만 묻힌다는 팡테옹에 묻힌 그는 프랑스인들에게 영웅이 되었다.

프랑스혁명 이후 엄청난 정치적 변동을 겪은 시대에 태어난 빅토르 위고는 현실을 외면하지 않고 과감히 맞섰다. 나폴레옹에 반대하다가 추방당한 것이 오히려 필생의 역작 『레 미제라블』 탄생에 도움이 되었다. 빅토르 위고는 그의 이상을 장발장에게, 그의 현실은 사랑과 혁명으로 고뇌했던 청년 마리우스에게 넣어두고 떠났다. 또한 그의 사랑은 마리우스의 코제트에 대한 순정으로 소설 속에 피어났다. 빅토르 위고, 그를 위대하게 만든 것은 바로 사람을 사랑하는 휴머니즘이었다.

빅토르 위고의 집

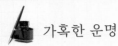 가혹한 운명

들리는 대로 믿고
가난해서 아무것도 나누지 않고
수많은 절망의 밤을 지새웠어
위험에서 벗어나게 해달라고 기도했어
첫눈에 반하는 사랑은 믿지 않아
내 삶은 끝난 것 같아

바리케이드 저편 어딘가에
끝없는 불행 견디며
당신이 그리던 낙원 있을까
사랑과 혁명엔 자유가 있어야지
캄캄한 어둠 돌며 기도하는
당신의 사막으로 가야겠어

유년의 덤불 속으로 사라졌던 공
사랑의 불길 한가운데 있어
우리 만남도 운명이니
고통을 이겨낼 가슴만 있으면
실패란 없어 오직 배움만 있을 뿐이야
이제 운명의 책은 접어야 해

연애에 눈뜨다
# 스탕달

Stendhal(1783.1.23~1842.3.23)

프랑스

**스탕달의 고향을 찾아서**
스탕탈 생가-데 라 테이블 론드

그르노블

## 스탕달의 도시

이제르강과 드라크강이 만나는 알프스의 끝자락 그르노블에 도착했다. 2천 년이 넘는 역사를 가진 바스티유 요새가 그르노블을 내려다보고 있었다. 스탕달의 고향인 그르노블은 이제 스탕달의 도시가 되었다. 그르노블3대학은 스탕달 대학으로 불리며 옛 시청사에는 기념자료실도 있다. 이곳으로 프랑스 문학을 공부하러 오는 한국 학생들도 많다.

그르노블은 프랑스에서 살기 좋은 도시 중 하나이다. 로마 황제 그라티아누스의 이름을 따서 옛날에는 '그라티아노폴리스'라고 불렀던 이곳은 고대부터 교통의 요충지였다. 최근엔 나노테크놀로지 연구센터가 들어서고 전차가 생기면서 현대적 도시의 모습을 갖추게 되었다.

그르노블 가는 길에 보이는 알프스 산맥

## 스탕달 신드롬

스탕달은 이탈리아 여행 중 피렌체의 산타 크로체 성당에서 한 미술작품을 보자 심장이 두근거리고 무릎에 힘이 빠졌다. 스탕달이 본 그림은 이탈리아 화가 귀도 레니의 프레스코화 '베아트리체 첸치'였다(이 작품은 레니의 것이 아니라는 얘기도 있다). 베아트리체는 귀족의 딸이었는데 아버지로부터 강간을 당하자 당국에 신고했다. 하지만 귀족이라는 이유로 아버지는 바로 풀려났다. 아버지는 이 일로 더욱 난폭해져 베아트리체를 성에 가두고 계속 성 학대를 했다. 베아트리체는 견디다 못해 가족의 도움을 빌려 아버지를 살해했다. 정당방위를 주장했고 시민들이 탄원하기도 했지만 교황청은 가톨릭 집안인 첸치 가의 재산을 탐내어 사형 집행을 강행했다. 당시 그녀의 나이는 16세였다. 그녀를 보기 위해 사람들이 몰려들었는데 그 현장에 당대 유명한 화가였던 귀도 레니도 있었다. 귀도 레니는 사형대로 오르기 직전의 베아트리체를 화폭에 담았다. 스탕달은 죽음을 앞두고 잠깐 뒤돌아보는 그 화폭 속의 가련한 소녀를 보고 느낀 것을 자신의 일기에 이렇게 적어 두었다.

숭고한 아름다움에 대한 생각에 빠져들어 나는 천상의 감각을 만나는 지점에 도달했다. 모든 것이 살아나듯이 내 영혼에 말을 건넸다. 나는 소위 신경증이라 불리는 심장의 두근거림을 느꼈다. 생명이 나로부터 빠져나갔다. 나는 넘어질 듯한 두려움 속에 걷고 있었다.

스탕달은 그 후 이탈리아에 살면서 이 이야기를 토대로 단편소설 「첸치 가족」을 썼다. 이 사실 때문에 후대 사람들은 뛰어난 예술작품을 보았을 때 순간적으로 느끼는 각종 정신적 충동이나 분열 증상을 '스탕달 신드롬'이라 부르고 있다.

## 목마른 사랑

일곱 살 때 어머니를 잃은 스탕달은 평생 어머니의 사랑을 대신할 사랑을 갈망했다. 보수적이고 위선적인 아버지에게는 적대적 감정만 쌓여 갔다. 그가 작가가 되는 데 영향을 준 인물은 의사인 외할

아버지였다. 외할아버지는 계몽사상을 가진 지식인으로 스탕달에게 예술과 문학을 알게 해주었다. 또한 많은 여인들의 사랑을 받았던 외삼촌을 보면서 연애에 눈뜨게 되었다.

스탕달은 늘 외모에 열등감을 지니고 있었지만 열정적인 사랑을 추구해 많은 연애담을 만들어냈다. 소심함 때문에 첫사랑에 실패하고 청년이 되었을 때부터 수많은 여인들과 사랑을 시도했지만 마음에 상처를 받는 경우가 더 많았다. 하지만 그의 여성 편력은 연애소설을 쓰는 데 중요한 경험이 되었다.

스탕달은 숭배하던 나폴레옹 군대의 소위가 되어 이탈리아에 체류하면서 이탈리아의 기질인 자유와 쾌락, 정열을 알게 되었다. 그 뒤 나폴레옹의 실각으로 실직을 하게 되자 본격적으로 문학 공부를 시작했다.

## 연애의 단계

사실주의 작품이라 불리는 스탕달의 작품은 세상 이야기를 거울처럼 비추고 있다. 작품 속 주인공들은 사랑하고 질투하고 변덕스럽고 우유부단한 모습을 가감없이 보여준다. 스탕달 자신도 그러했다. 스탕달은 밀라노에서 만난 장군의 아내 마틸드에게 20여 년동안 헌신적인 사랑을 쏟아 부었는데 이에 실패하자 『연애론』이라는 에세이 집필에 몰두했다.

스탕달은 사랑과 연애의 심리발달 과정을 7단계로 분류했다. 1단계에서는 상대방에게 시선을 빼앗겨 깊이 감탄한다. 2단계에서는 마음을 뺏긴 상대방을 생각하며 접근하고 싶은 충동이 일어난다.

3단계에서는 상대방의 결점까지도 아름답게 보이고 연인이 되기를 희망한다. 4단계에서는 본격적으로 연애가 시작되고 사랑의 열병에 빠진다. 5단계에서는 제1의 결정작용이 일어나는 시기인데 사랑하는 대상이 크리스탈처럼 빛나게 보인다. 6단계에서는 질투가 일어난다. 이 단계를 견뎌내지 못하면 대부분 헤어지게 된다. 7단계에서는 제2의 결정작용이 일어나는데 한바탕 전쟁이 끝나고 다시 사랑에 대한 확신을 품으며 더 끈끈한 감정이 생기게 된다.

> 언제나 상대를 조금은 의심하고 불안해하는 것, 이것이 끊임없는 갈망이 되어 행복한 사랑에 생명을 불어넣어 준다. 의심은 언제나 사라지지 않으며, 절대 지루해지는 법도 없다. 또한 매우 열중하게 되는 것도 특징이다.
>
> −『연애론』 중

아직도 수많은 커플들이 스탕달의 연애론을 찾아서 읽는다. 그는 이 세상의 모든 연애는 똑같은 법칙에 따라 발생, 지속, 소멸하고 경우에 따라서는 영원한 사랑이 된다고 했다. 스탕달 자신이 사랑의 고통을 겪었기에 할 수 있는 말 아닐까.

## 스탕달 생가

그르네트 광장을 가로질러 장자크 루소 거리 14번지에 있는 스탕달의 집을 찾았다. 작은 표지판만이 그가 살았던 곳이라는 것을 알려주고 있었다. 스탕달은 이 건물의 2층에서 살았다.

스탕달 생가

카페 데 라 테이블 론드

생가 근처에는 스탕달이 정치적 토론을 즐겼던 카페 데 라 테이블 론드 cafe de la table ronde가 과거 모습 그대로 남아 있었다. 1739년에 영업을 시작한 이 카페는 프랑스에서 가장 오래된 카페 중 하나로 알려져 있다. 식사 시간이라 카페 안은 사람들로 가득 차 있었다. 메뉴는 여느 음식점과 다르지 않았다.

식사를 하고 나오는데 종소리가 들렸다. 종소리를 따라 걸어가니 근처에 세인트 앙드레 성당이 있었다. 스탕달은 적막한 도시를 흔들어대는 이 종소리를 들으며 출세를 위해 군인의 견장인 '적'과 성직자의 옷인 '흑' 중에 무엇을 선택해야할지 고민했을 것 같았다.

## 신분 상승을 꿈꾸다

스탕달의 본명은 앙리 베일인데 스탕달이라는 필명을 사용한 것은 『적과 흑』을 출간하면서부터다. 스탕달은 부랑그 그르네트 광장에서 신학생 앙투안 베르테가 처형되었다는 사실을 바탕으로 『적과 흑』을 썼다. 하지만 실제 베르테는 『적과 흑』 주인공 쥘리엥과는 정반대의 인물이다. 작품 속 주인공은 작가를 닮기 마련이듯 소설 속 주인공은 스탕달 자신을 닮아 있다. 『적과 흑』의 주인공 쥘리엥은 가난한 목수의 아들로 태어나 신분 상승을 꿈꾸는 청년이다. 자신과 신분이 다른 두 여인과 사랑에 빠져 야망을 이루려고 했으나 편지 한 통으로 모든 것은 물거품이 되고 만다. 이성을 잃은 쥘리엥은 교회로 달려가 자신을 사랑했던 여인을 권총으로 쏜다. 사회와 격리되고 나서야 자신이 진정으로 사랑했던 사람이 누구인지 깨닫게 되지만 사형선고를 받고 단두대의 이슬로 사라진다. 『적과 흑』은 나폴레옹 몰락 후 프랑스 왕정복고 시대 성직자와 귀족들의 위선, 지배층에 편승하고 싶었던 사람들의 심리를 잘 다루고 있는 작품이다.

스탕달 역시 자신의 신분을 벗어날 수는 없었던지 젊은 시절의 열정이 사라지자 다시 귀족적인 생활에 젖기 시작했다. 『파르마의 수도원』은 이탈리아의 도시 파르마를 배경으로 스탕달이 고향을 떠나 많은 시련을 겪고 난 후 쓴 마지막 작품이다. 세상물정에 어두운 주인공이 도덕에 구속되지 않고 아름다운 여인들을 상대로 정열과 욕망을 펼쳐간다. 스탕달이 작품을 통해 보여주고자 했던 것은 명예와 부와 같은 세속적인 행복이 아니라 아름다운 영혼을 가진 사랑이었다.

59세에 스탕달은 뇌졸중으로 객사했다. 그전까지는 스탕달의 대표작 『적과 흑』과 『파르마의 수도원』은 빛을 발하지 못했다. 작가는 사후에 평가된다는 것을 증명하듯 그는 죽고 나서야 발자크와 함께 19세기 프랑스 소설의 2대 거장이라는 명예를 얻었다. 몽마르트 묘지에 있는 그의 묘비에는 이렇게 쓰여 있다.

"살았노라, 썼노라, 사랑했노라."

# 그대가 오지 않는 날

엇갈리며 만났다가

출구 없는 절망에

돌아누운 사랑

언제 다시 볼 수 있을까

들꽃처럼 눈에 띄지 않게

그대를 기다렸다

태양이 대지에 구멍을 내며

묵은 희망 태우는 날

그대의 시선

내 침묵의 옷 넘어오면

남은 사랑은 재가 되어

가뭇없이 사라졌다

# 신은 죽었다
## 니체

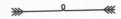

Friedrich Wilhelm Nietzsche
(1844.10.15~1900.8.25)

**니체의 산책길을 찾아서**
니체의 산책길

프랑스

에즈

**요새 마을 에즈**

차를 타고 지중해를 따라 니스에서 모나코로 가는 중간쯤 바닷가에 유난히 높은 마을이 보였다. 멀리서 보면 독수리가 둥지를 튼 모습과 비슷해 '독수리 둥지'라고 불리기도 하는 에즈 마을은 13세기 로마의 침략을 피해 산꼭대기로 사람들이 모여들기 시작해 마을의 형태가 갖추어졌고, 14세기에는 흑사병을 피해 많은 사람들이 몰려들었던 곳이다.

바람소리도 숨어버리는 골목 사이로 열대식물들이 보였다. 마을 지붕 위에선 황금 염소 동상이 바다를 바라보고 있었다. 마을 곳곳에 염소 동상을 볼 수 있었는데 성벽으로 둘러싸인 요새 마을이라 산을 타고 다녀야 했던 이곳 사람들은 염소를 통해 우유나 치즈를 얻었다. 돌벽으로 이루어진 마을은 차분했고, 마을 사람들의 발걸

요새 마을 에즈

음에도 여유가 묻어 있었다. 스웨덴의 윌리엄 왕자도 에즈 마을에 반해 30여 년간 매년 여름만 되면 이곳을 찾았다고 한다.

니체도 이곳에 머물렀다. 10년 동안 공부에 골똘한 나머지 건강이 악화된 니체는 교수직을 그만두고 마음에 안정을 줄 수 있는 기후와 풍경을 찾아다녔다. 프랑스와 이탈리아의 여러 도시를 돌다가 1882년부터 1887년 겨울에는 주로 니스와 에즈에 있었다. 니체는 이 시기에 가장 왕성한 저술 활동을 했다.

### 니체의 산책길

니체가 강조한 초인Übermensch은 무엇일까 생각하며 니체의 산책길을 따라 올라갔다. 골목길에 있는 석조 건물들과 작은 가게들이 황금빛 햇살에 생기가 일었다. 니체는 바다가 내려다보이는 산비탈 길을 걸으면서 영감을 얻었다. 에즈 마을 입구에서 기차 간이역까지 이어지는 '니체의 산책길'에서 니체는 스스로를 유배시키며 사유를 했을 것이다.

익숙한 삶에서 새로운 의미를 찾고자 했던 니체는 고대 페르시아의 예언자이며 조로아스터교를 창시한 차라투스트라를 새롭게 창조해냈다. 견디기 힘든 몸과 우울의 산에서 내려오면서 니체는 세상 사람들에게 이렇게 외쳤다. "신은 죽었다!"

나는 너희들에게 초인을 가르치노라. 사람은 극복되어야 할 그 무엇이다. 너희들은 너희 자신을 극복하기 위해 도대체 무엇을 하였는가. 지금까지 존재하는 모든 것들은 그들 자신을 뛰어넘어 그들 이상의 것을 창조해 왔다. 그런데도 너희들은 이 거대한 밀물을 맞이하여 썰물이 되기를, 자신을 극복하기보다는 오히려 짐승으로 되돌아가야 하는가.

-『차라투스트라는 이렇게 말했다』 중

니체는 신이 사라진 시대에 인간이 세상에서 살아갈 수 있는 삶의 양식은 두 가지밖에 없다고 했다. 하나는 초인의 삶이고, 다른 하나는 자기 극복의 의지를 잃어버린 마지막 인간의 삶이라는 것이다. 대부분의 사람들은 가슴에 아무런 별도 품고 있지 않을 뿐만 아니라 눈앞의 행복만을 추구하는 마지막 인간의 삶을 살고 있다고 했다.

그리고 니체는 정신의 세 가지 변화에 대해 말했다. 즉 낙타에서 사자로, 사자에서 아이로 변해가는 것이다. 인내심 많은 우리 정신은 낙타처럼 무거운 짐을 지고 먹이를 받아먹으면서 수동적으로 사막을 걷고 있다. 하지만 낙타가 사자로 변한다면 그 어떤 주인도 섬기지 않고 사막을 자기 왕국으로 만들 수 있으니 사자가 되어 자유를 얻으라고 했다. 하지만 사자는 끝을 알 수 없는 전쟁에 내몰린 병사와 같아서 스스로 즐길 수 없으니 마지막엔 어린아이가 되어 자신의 세계를 되찾아야 한다고 했다.

## 어린 목사
니체는 목사의 아들로 태어나 성경구절과 찬송가를 기막히게 암송하여 '어린 목사'라는 별명도 얻었다. 작곡도 하고 시를 잘 지었

황금염소 동상

던 그는 14세 때 자서전을 쓸 준비까지 했다. 니체의 엉뚱한 보고서 때문에 엄격한 선생들은 니체를 종교재판에 회부하고 3시간의 감금과 외출금지를 선고한 적도 있었다. 그는 집안의 가통을 잇지 않고 학교 졸업 후 신학 대신 고대언어학을 공부하고 쇼펜하우어에 매우 심취했다. 그러다가 군에 지원하여 포병으로 복무하던 중 말을 타고 가다가 가슴을 심하게 다쳐서 군복무를 계속할 수 없게 되었다. 그 후 그는 학위 취득을 하기도 전에 바젤의 교수로 초빙되어 강의를 했다.

## 만인의 여인, 루 살로메

니체는 5세 때 아버지가 죽고 난 뒤 집안 여성들에게 둘러싸여 살았는데 그 경험이 그가 여자를 보는 관점에 영향을 주었던 것 같다. 여자를 만나면 늘 기가 죽고 소심했던 니체는 일생에 5명의 여자를 만났는데 모두 제대로 이루어지지 않았다. 그런 경험 때문인지 니체는 여성이 가져야 할 모습 같은 것은 본래 없고 그저 남자들이 만들어 놓은 여자의 이미지만 존재할 뿐이라고 지적하기도 했다.

> 잠시 동안의 어리석은 행위들, 그대들은 이것을 사랑이라고 부른다. (중략)
> 또한 그대들의 최선의 사랑도 한갓 황홀한 비유이자 고통에 찬 열기일 뿐이다. 그러나 사랑이란 그대들이 나아갈 보다 고귀한 길을 비추어주는 횃불이어야 한다.
> 그대들은 언젠가는 자신을 넘어서서 사랑해야만 한다! 그러니

우선 사랑하는 법을 배우도록 하라! 그대들이 사랑의 쓰디쓴
잔을 마셔야만 했던 것도 그 때문이다.
최선의 사랑이라는 잔 속에서도 쓴맛은 있다. 그리하여 이 사
랑은 초인에 대한 동경을 불러일으키며, 그대 창조하는 자의
목을 마르게 한다!

-『차라투스트라는 이렇게 말했다』 중


 니체의 친구인 철학자 파울 레는 루 살로메에게 푹 빠져 니체에
게 보내는 편지에 늘 그녀에 대한 이야기를 늘어놓았다. 그녀는 남

자들의 천재성에 불을 지핀 여인이었다. 이를 계기로 살로메를 만나게 된 니체는 그녀에게 첫눈에 반해 두 번의 청혼을 했으나 모두 거절당했다. 로마에서 건강이 좋지 않아 요양중이던 루 살로메는 니체와 파울 레에게 셋이서 정신적인 동거를 하자고 제안했다. 셋은 잠시 같이 살았으나 니체는 고향으로 내려와버렸다. 그러나 친구인 파울 레는 살로메와 계속 동거를 하고 있다는 소식에 니체는 정신적으로 힘든 상태를 보냈다. 결국 친구인 파울 레도 니체가 떠난 다음 해 강에 몸을 던져 자살했다. 『차라투스트라는 이렇게 말했다』 1부는 루 살로메와 이별하고 난 후 열흘 만에 완성되었다.

## 고독한 광기의 그림자

니체는 주변에서 "백신이 없을 정도로 감염력이 뛰어난 지적인 병균"이라고 이야기할 정도로 위험한 철학가였다. 사람의 심리를 정확하게 꿰뚫어본 그는 빠른 속도로 작품을 완성해 세상에 내놓았지만 그의 작품들은 아무런 반향을 불러일으키지 못했다. 니체는 이로 인해 몹시 실망하고 더 깊은 고독감을 느꼈다.

니체는 평생 두통과 싸웠는데 어떤 경우는 일어날 수도 없어 침대에만 누워 지낸 적도 있다고 한다. 늘 죽음을 의식하며 살던 그는 프랑스 전쟁에 참전하여 그곳에서 광기와 고통, 의지에 대한 생각을 정리했다. 그리고 자신의 고통과 죽음을 운명으로 받아들였다.

죽음 앞에서도 그대들의 정신과 덕은 대지를 둘러싸고 있는 저녁놀처럼 활활 타올라야 한다. 그러지 않으면 그대들의 죽음은 실패이리라.

나 자신도 그렇게 죽고 싶다. 그리하여 그대들이 나로 인하여 이 대지를 더욱 사랑할 수 있었으면 한다. 그리고 나를 낳아주었던 대지의 품으로 다시 돌아가, 그곳에서 안식을 얻고 싶다.

-『차라투스트라는 이렇게 말했다』중

1887년 니체는 루 살로메의 결혼 소식을 듣고는 광기가 도져 정신병으로 이어졌다. 1889년 1월 3일 니체는 투린의 광장에서 마부에게 채찍질당하는 말을 감싸 안으며 보호하다 넘어졌다. 이때가 니체의 마지막 맨 정신이었다. 그 이후 정신발작을 일으켜 10년 동안 어머니와 누나의 보호를 받으며 살다 결국 1900년 바이마르에서 세상을 떠났다.

니체의 산책길을 따라 다시 내려가니 어두운 산 위에서 태양처럼 타오르며 힘차게 그의 동굴을 떠나는 차라투스트라가 보이는 듯했다.

에즈 마을에서 내려다본 전경

위대한 정오


에즈의 절벽 아래

지중해 뚫고 솟아오른 태양

먼저 바다가 되어버린 방랑자

춤추듯 인간의 강으로 내려가

번갯불 들고

선악의 다리 건너간다

창조의 별을 낳는 고독한 사막

인내심 많은 정신은

낙타처럼 복종하다가

포효하는 사자가 되었고

마침내 신과 같은 아이가 되었다

고독을 견딘 파도가

차가운 바다 절벽 귀를 부술 때

물에 젖어 타오르는 별들은

또 어디론가 떠나간다

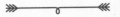

아웃사이더가 되다
# 안데르센

Hans Christian Andersen
(1805.4.2~1875.8.4)

덴마크

**안데르센의 동화 속 배경지를 찾아서**
뉘하운-원형탑-로열 코펜하겐-인어 동상

코펜하겐

## 새로운 항구, 뉘하운

안데르센이 마지막까지 살았던 뉘하운은 '새로운 항구New Harbour'라
는 뜻으로 1673년 운하가 조성되고 항구로 발전했다. 안데르센은
비교적 저렴한 방값을 찾아 이곳에 자리를 잡았다. 한곳에 안주하
지 못하는 그는 코펜하겐에 와서도 계속 이사를 다녔는데 이곳 뉘
하운에서는 꽤 오래 머물렀다.

안데르센이 초기에 쓴 이야기들은 그가 어릴 때 들은 민간설화를
바탕으로 각색한 것이 많다. 예를 들면 「부싯깃 상자」라는 동화는
덴마크 옛날 이야기 '촛불 속의 영혼'에서 따왔다. 안데르센은 아이
들에게 말하는 듯한 구어체로 글을 썼는데 이는 이야기를 글로 옮
기기 전에 항상 사람들에게 먼저 들려주곤 했던 데서 나온 것이다.
그래서 비평가들에게 유치한 작품이라는 평가도 들었지만 그는 아
이들이 이해할 수 있을 정도로 단순하면서도 어른도 공감할 수 있
는 이야기를 쓰고자 했다.

## 일상에서 찾은 아름다움

쾨브마게르 가에 접어드니 1642년부터 천문관측소로 사용되었던
원형탑이 웅장한 자태를 드러내며 서 있었다. 유럽에서 가장 오래된
전망대로 책과 천문학 장비들을 수레에 담아 편리하게 옮기기 위해
계단이 아닌 나선형 통로로 제작된 건물이다. 탑 꼭대기에서 내려다
보면 코펜하겐 시내를 한눈에 담을 수 있다. 안데르센은 「부싯깃 상
자」에서 이 나선형 통로를 이렇게 묘사하고 있다.

이 탑에는 계단이 없어서 사람들은 나선 모양으로 구불구불하게 이어진 시멘트 통로를 통해 위로 올라간다. 통로 바닥은 평평하고 매끈하다. 언젠가 러시아의 표트르 황제가 맥주를 실은 마차를 타고 이 길을 올라간 적이 있었다. 꼭대기에 이르자 황제는 하인에게 아래로 굴러 떨어질 것을 명령했다. 마침 덴마크 왕이 말리지 않았다면 하인은 아마 명령에 복종했을지도 모른다. "이 나라 백성은 이다지도 순종적인가요?"라고 러시아 황제가 물었다. "저는 그런 명령은 내리지 않습니다. 하지만 저는 가장 미천한 자에 이르기까지 하인들 모두를 속속들이 잘 알고 있답니다. 그들의 무릎을 베고 누워 편안히 잠을 청할 수도 있지요." 덴마크 왕이 대답했다.

－「부싯깃 상자」 중

원형탑

낯익은 풍경

안데르센의 첫 동화책 『어린이를 위한 동화집』에 담긴 네 개의 동화 가운데 세 개의 동화는 코펜하겐에서 일어나는 이야기다. 안데르센은 상상력이 뛰어났지만 대부분 자신이 발을 딛고 있던 덴마크의 일상을 배경으로 이야기를 만들었다. 안데르센은 일상에서 예술성을 발견했다. 세상은 놀라운 일 투성이지만 사람들은 그런 일에 익숙해져 특별하게 여기지 않는다고 생각했다. 그는 세상의 모든 사물과 사람들은 그들만의 이야기를 가지고 있다고 보았으며, 그 속에서 아름다움을 찾아내려 했다. 그는 인간의 삶 속에는 영혼이 깃들어 있으며, 마음의 문을 열고 착하게 살면 아름다운 꽃을 피울 수 있을 것이라는 신의 진리를 믿었다.

## 못다 핀 연기자의 꿈

안데르센은 덴마크 핀 섬의 오덴세에서 태어나 가난한 구두 가게 주인 아버지와 세탁부 어머니 사이에서 외아들로 자랐다. 그의 대부분 작품들은 어린 시절 궁핍했던 가정형편을 반영하고 있다. 11세 때 아버지가 병으로 사망하자 가족의 생활고는 심해졌고, 노래와 연기에 재능이 있던 안데르센은 오덴세의 유력자를 찾아다니며 재주를 보여주고 돈을 모았다. 그러다가 14세 때 연기자가 되기 위해 무작정 코펜하겐으로 왔다.

안데르센은 오래된 골목길을 자주 지나다녔다. 그곳에 사는 발레의 거장과 그의 가족이 안데르센을 보살펴 주었기 때문이다. 안데르센은 왕립극장에 서고 싶어서 오전 내내 긴 막대기를 들고 서서 다리를 쭉 뻗는 연습을 했지만 단역 말고는 아무 것도 주어지지 않았다. 게다가 변성기까지 찾아와 더는 연극을 할 수 없게 되었고, 연이은 극단 입단 실패로 연기자로서의 꿈을 포기해야만 했다. 하지만 다행히 왕립극단 이사의 눈에 띄어 왕립 보조금으로 학교에서 공부할 수 있게 되었다.

쾨브마게르 가가 끝나는 곳에 있는 아마게토르 광장에 들어섰다. 코펜하겐에서 두 번째로 큰 중세풍 광장이다. 이곳에 있는 1775년 설립된 '로열 코펜하겐'에선 오랫동안 황실 도자기를 만들어왔다. 안데르센의 동화 「양치기 소녀와 굴뚝 청소부」는 이 도자기 공장에서 만든 인형들을 보고 생각해낸 이야기이다.

### 이루어질 수 없는 사랑

안데르센은 대학 입학시험에 합격했지만 입학하지 않고 글쓰기에

아마게토르 광장

매달렸다. 책이 출판되어 번 돈으로 덴마크 여행을 하다가 이미 약혼자가 있는 친구의 동생을 만났다. 그녀에게 청혼했다가 거절당하자 실의에 빠졌다. 그는 외로움에서 벗어나기 위하여 여행을 했고, 다시 사랑을 찾았지만 그 여자 역시 다른 남자와 약혼해 버렸다. 그가 애정을 쏟았던 여자들은 모두 이룰 수 없는 사랑이었고 그는 평생 결혼하지 않았다. 「인어공주」에 그런 그의 슬픈 사랑 이야기가 숨어 있다.

> "넌 공기의 딸들과 함께 있단다. 인어에겐 영혼이 없지. 인간의 사랑을 얻지 못하면 영혼을 가질 수 없어. 인어가 영혼을 얻으려면 다른 힘에 의존해야 한단다. 공기의 딸들은 영혼이 없지만 착한 일을 하여 스스로 영혼을 만들 수가 있지. 우리는 지금 따뜻한 나라로 날아가는 중이야. 흑사병으로 인간들을 파괴하는 무더위를 식히고 꽃향기를 퍼뜨려 건강과 부활을 가져다주지. 삼백 년 동안 착하게 살면 불멸의 영혼을 얻어 인간들이 누리는 행복을 누릴 수 있단다. 가련한 인어공주야, 넌 온 힘을 다해 우리처럼 영혼을 얻으려고 노력했어. 뼈를 깎는 고통을 겪으면서 말야. 그 고통이 너를 공기의 정령들 세계로 끌어올린 것이야. 이제부터 삼백 년 동안 착하게 살면 불멸의 영혼을 얻을 수 있단다."
>
> -「인어공주」 중

해안의 긴 산책로를 따라가다 보니 바위에 앉아 있는 인어 동상이 보였다. 이 해안은 중세 때부터 '인어의 골짜기'라 불리던 곳이다. 인어 동상은 1913년 양조업자 칼 야콥센이 조각가 에드바르 에릭센에게 주문한 조각상으로 현재는 코펜하겐의 상징이 되었다. 하지만 1964년 동상의 목이 베어진 이후로 여러 번 수모를 겪어야 했다. 1998년 또다시 머리를 도난당했고, 1984년에는 팔이 절단되기도 했다. 2003년에는 조각상 전체가 폭파된 일도 있다.

### 동화 밖 아웃사이더

코펜하겐의 티볼리 공원 맞은편에 홀로 앉아 공원을 바라보고 있는 안데르센은 여전히 동화 밖의 아웃사이더처럼 보였다. 그는 "내가 살아온 인생사가 바로 내 작품에 대한 최상의 주석이 될 것이다"라고 말했듯이 그의 동화는 굴곡 많은 자신의 인생을 대변하고

인어 동상

있다. 그가 보고 듣고 느낀 모든 것이 오랫동안 마음에 남아 작품의 소재가 되었다. 「미운 오리 새끼」에는 불우했던 어린 시절이 담겨 있고, 「성냥팔이 소녀」에는 구걸을 하러 다녔던 안데르센 어머니의 어린 시절 모습이 들어 있다. 「인어 공주」는 안데르센의 이루지 못한 사랑이며, 「꿋꿋한 장난감 병정」은 이루지 못한 배우의 꿈이 담겨 있다.

죽기 직전 안데르센은 아이들에게 이야기를 들려주는 자신의 모습을 동상으로 만들지 말라고 했다. 그는 모든 세대가 공감할 수 있는 새로운 문학을 하고 싶었던 것이다. 적어도 코펜하겐에서 그런 동상은 볼 수 없지만 그의 작품은 여전히 전 세계 많은 아이들에게 읽히고 있다.

안데르센 동상

어른을 위한 동화

산들바람 온몸을 감싸고
아른아른 무지개 포근히 내릴 때
바다는 책처럼 펼쳐진다
유년의 장미
책갈피에서 피어나고
숨어 있던 꿈들은
편지로 날아오른다
가슴 책에 숨겨둔 장미꽃들의 이야기
비눗방울 속 미래로 남아
아이들 읽는 동화 속으로 간다
서툰 연극은 끝났고
아, 이제 나도 아이가 되고 싶다

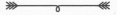

모험을 떠나다
# 세르반테스

Miguel de Cervantes Saavedra
(1547.9.29~1616.4.23)

스페인

**세르반테스의 흔적을 찾아서**
세르반테스 기념탑-세르반테스 생가

세르반테스 생가
알칼라 데 에나레스

세르반테스 기념탑
마드리드

## 전 세계인의 소설, 「돈키호테」

마드리드의 최고 번화가 그랑비아 거리가 시작되는 에스파냐 광장에 세르반테스의 기념탑이 우뚝 서 있었다. 에스파냐 광장은 로마에도 있고 스페인 곳곳에서 만날 수 있는데 정작 스페인의 수도 마드리드 중심부에 있는 이 에스파냐 광장은 기념탑 외엔 별 특징이 없었다. 이 기념탑은 세르반테스의 사망 300주년을 기념하여 세워졌다. 탑의 정중앙에는 세르반테스가 앉아 있고, 그 아래에는 그의 작품 속 주인공 돈키호테, 산초 판사, 로시난테가 청색옷을 입고 광장을 지키고 있었다. 기념탑 맨 위에 지구를 머리에 이고 책을 읽고 있는 사람들의 조각상이 보였다. 전 세계 사람들이 다 읽는 책이라는 의미를 나타낸 것 같았다. 스페인의 국민문학인 『돈키호테』는 최초의 근대소설로 성서 다음으로 세계인이 많이 읽

에스파냐 광장의 세르반테스 기념탑

은 책이라고 한다. 이렇게 도시의 한복판에 세워진 기념탑을 보니 세르반테스와 『돈키호테』가 얼마나 국민들의 사랑을 받고 있는지 알 수 있었다.

세르반테스가 살던 시대는 십자군전쟁 이후 중세의 사회체제가 붕괴되고 있었다. '기사'라는 존재는 더 이상 쓸모가 없어졌지만 그들은 여전히 특권층으로서의 권리를 내세우며 부패해갔다. 이런 상황에서 소설 속 돈키호테는 평화로운 마을의 기사 노릇을 하겠다며 돌아다닌다.

세르반테스의 『돈키호테』는 어리석고 무모한 주인공 돈키호테를 중심으로 우직한 종자 산초, 깡마른 말 로시난테가 함께 엉뚱한 모험을 하는 내용이다. 이 소설에는 재미있는 에피소드들이 많다. 돈키호테는 풍차를 거인으로 착각해 말을 타고 풍차에게 돌진하기도 하고, 여관을 성으로 오해하여 여관 주인에게 기사의 작위를 하사받기도 하며, 시골 사람들을 마귀로 생각하고 공격하기도 한다. 당시 스페인 사람들은 시대를 풍자하는 『돈키호테』를 읽으며 통쾌해했다.


**알칼라 문**

그랑비아 거리를 따라 내려가니 유럽의 다른 나라에 있는 개선문 같은 것이 보였다. 에스파냐 독립을 기념해 아라곤에서 이 문을 통해 마드리드로 오는 상인들에게 마드리드가 얼마나 중요한 도시인지 보여주기 위해 세웠다고 하는 알칼라 문이었다. 주변은 레티로 공원과 프라도 미술관이 있어서 스페인의 역사와 문화를 느끼기에

알칼라 문

좋은 지점이었다. 눈부신 태양 아래 활달한 성품을 가진 스페인 사람들의 열정은 밤에도 식을 줄 몰랐다.

## 서양문학의 양대산맥

서양문학의 최고봉을 뽑으라면 많은 사람들은 스페인의 세르반테스와 영국의 셰익스피어를 말할 것이다. 그만큼 이들의 문학은 독창적이며 생기가 넘친다. 셰익스피어의 『햄릿』과 세르반테스의 『돈키호테』는 17세기 초 같은 해에 출간되었다. 러시아 소설가 이반 투르게네프는 인간을 '햄릿형'과 '돈키호테형'으로 나누었다.

햄릿형은 생각이 신중한 사람이며, 돈키호테형은 행동이 앞서는 사람이다. 투르게네프는 당시 문학작품이 사회를 비판해야 한다는 것을 강조하기 위해서 우유부단한 햄릿형 인간보다는 저돌적으로 행동하는 돈키호테형 인간이 되자는 의도로 이 구분법을 실시했다.

1616년 4월 23일 세상을 떠난 세르반테스와 셰익스피어의 사망일이 같다고 알려져 있지만 엄연히 따지면 사실이 아니다. 스페인은 그레고리력을, 영국은 율리우스력을 썼기 때문에 실제 사망일은 10일 정도 차이가 나고 각각의 달력에서 날짜만 같을 뿐이다.

## 알칼라 데 에나레스 가는 길

세르반테스가 태어난 알칼라 데 에나레스로 가기 위해서 스페인 국영열차 란페를 탔다. 지난 2004년 알칼라 데 에나레스 역에서 폭탄테러가 일어나 많은 희생자가 생겼다. 역에서 밖으로 나오니 희생자들을 기리는 동상이 세워져 있었다. 마드리드에서 35km 정도 떨어져 있는 이곳은 1499년에 세워진 알칼라 대학이 있어 학문의 도시로 유명한 곳이다. '알칼라'는 아랍어로 '성벽'이란 뜻이며, '에나레스'는 지역을 흐르는 강의 이름이다. 거의 10세기가 지났지만 아직도 아랍 시절의 성벽이 곳곳에 남아 있었다.

## 세르반테스 생가

오래된 건물들을 지나며 걷다 보니 세르반테스 공원이 보였다. 돈

폭탄테러 희생자를 기리는 동상

키호테 동상이 중앙에 서 있었다. 이 공원에서 골목길을 따라 더
걸어가니 세르반테스 집 앞에 돈키호테와 산초가 돌 벤치에 앉아
이야기를 나누고 있었다. 둘 사이에 생긴 공간에 간혹 사람들이 쏙
들어와 둘의 어깨에 손을 얹고 사진을 찍고 가기도 했다.

 세르반테스 생가는 소박했다. 나무 문을 열고 들어가니 안마당과
조그마한 오래된 우물이 눈에 띄었다. 부엌, 식당, 침실, 화장실
곳곳에는 당시 생활상을 알 수 있는 고풍스러운 소품들과 가구들
이 놓여 있었다. 특히 세르반테스가 어린 시절에 사용했던 아기요
람과 침대, 옷장 등도 놓여 있었다. 자장가도 흘러나와 편안한 느

세르반테스 생가 앞에 있는 (왼)산초와 (오)돈키호테 동상

낌을 주었다. 『돈키호테』의 주요 장면들을 꼭두각시 인형으로 만들어 두고, 세르반테스의 육필 원고도 서재에 전시되어 있었다.

2층 난관에 기대어 그의 삶을 되짚어 보았다. 세르반테스의 삶은 돈키호테만큼 드라마틱했다. 사실 세르반테스의 본래 직업은 군인이었다. 그는 유년시절 어려운 가정형편 때문에 전쟁터로 자원입대했다가 총상을 입어 한쪽 팔을 영영 쓰지 못하게 되었다. 그래서 '레판토의 외팔이'라는 별명을 얻기도 했다. 그 뒤로 5년을 더 군인으로 살다가 28세 때 퇴역을 결심하고 귀국하는데 이번엔 그가 탄 배가 해적선의 습격을 받아 알제리로 끌려가서 5년 동안 포로 생활을 하게 되었다. 그러다 37세 때 공직을 구하려고 했지만 쉽지 않자 시나 희곡을 창작해 생계를 유지했다. 첫 번째 소설이 큰 명성을 얻지 못하자 결국 관리가 되어 10년 동안 스페인 무적함대의 물자조달관, 세금징수관으로 일했다. 그러다 많은 비리 행적을 고발당해 세비야에서 수감 생활을 하게 되는데 그 와중에 구상되어 탄생한 작품이 바로 『돈키호테』이다.

세르반테스는 57세에 『돈키호테』 1편을 출간하면서 이름을 알렸지만 빚에 쪼달려 출판 저작권을 넘겨준 상태였기 때문에 큰돈을 벌지 못했다. 이 책이 큰 호응을 얻자 다른 사람들이 후속작을 써서 출간하기도 했다. 그렇게 10년이 흐른 뒤 그는 『돈키호테』 후편을 써서 출간했다. 이 후속편 역시 많은 관심을 받았다. 원래는 돈키호테를 죽이려고 하지 않았는데 더는 해적판이 나오지 않게 하

세르반테스 생가 내부

기 위해서 어쩔 수 없이 돈키호테를 죽일 수밖에 없었다는 이야기
도 있다.

## 유대인의 후손

 돈키호테가 토요일마다 먹는 음식은 베이컨과 달걀이다. 스페인
당국이 유대인들이 정말 개종하였는지 확인하기 위해 먹게 한 음
식이다. 유대인들은 이 음식을 '고난과 탄식'이라고 불렀다. 세르
반테스는 유대인의 후손이다. 세르반테스가 살던 시대는 국가에
의해 종교를 강요받으며 종교재판이 성행하던 시기였다. 그랬으니
그가 글을 자유롭게 쓰기는 힘들었을 것이다. 세르반테스는 돈키
호테의 광기를 이용해서 교회와 성직자, 귀족 등을 풍자함으로써
종교재판의 눈을 피하려고 했다.
 세르반테스는 "자연의 모든 것이 자신과 닮은 것을 생산한다는 법
칙을 거스를 수 없었다"고 했다. 돈키호테는 결국 세르반테스 자
신의 모습이자 16세기 전성기에서 물러난 상처받은 에스파냐 인의
전형이기도 하다. 돈키호테가 현재까지도 사랑을 받고 있는 이유
는 꿈과 이상을 향해 모험을 하면서 끊임없이 좌절하고 실패하는
우리의 모습과 같기 때문 아닐까.

에스파냐 광장에 있는 세르반테스 기념탑

편력기사의 노래

인적 끊어진 황량한 해안
냉정의 바다에 부딪힌 화음의 혼란
운명은 하늘이 정해놓은 것
전쟁에서 출구를 찾는구나
용감무쌍한 그 노력은
아무도 보지 않는 아침의 환상
쇠잔한 기사도의 칼날 아래
부끄러운 포로가 되었구나
불행한 여신에게 바친
터져 버릴 것 같은 그 마음
우정의 껍데기 벗고
죽음 속에서 삶을 꺼내는구나
쓰디 쓴 가슴에서 울리는 원망
잔혹한 승리 뒤
전리품으로 남은 영혼
저 넓은 세상에 풍자로 알려지리라

세기의 작가들에게 길을 묻다
작가, 여행

인쇄일 2019년 2월 11일
발행일 2019년 2월 18일

글쓴이 이다빈

편집 이다빈,신지현
디자인 신지현

펴낸곳 아트로드
펴낸이 신지현
출판 등록 2018년 9월 18일 제010-000154호
주소 경기 고양시 일산동구 강송로169 한주프라자 503호
전화 031-906-6220
팩스 0303-3446-6220
전자우편 artroadbook@naver.com
홈페이지 artroadbook.modoo.at
인스타그램 @artroad_book

ISBN 979-11-964961-3-5 (03810)

이 도서의 국립중앙도서관 출판예정도서목록(CIP)은 서지정보유통지원시스템 홈페이지(http://seoji.nl.go.kr)와
국가자료공동목록시스템(http://www.nl.go.kr/kolisnet)에서 이용하실 수 있습니다.
(CIP제어번호: CIP2019003129)